风还记得你的模样

巫正利◎著

天津出版传媒集团
百花文艺出版社

图书在版编目（CIP）数据

风还记得你的模样 / 巫正利著 . -- 天津 : 百花文艺出版社， 2022.3
ISBN 978-7-5306-8251-7

Ⅰ . ①风… Ⅱ . ①巫… Ⅲ . ①散文集—中国—当代 Ⅳ . ① I267

中国版本图书馆 CIP 数据核字 (2022) 第 024469 号

风还记得你的模样
FENG HAI JIDE NIDE MUYANG
巫正利　著

出 版 人：薛印胜
责任编辑：魏　青
装帧设计：书点 書點文化
出版发行：百花文艺出版社
地址：天津市和平区西康路 35 号　**邮编：**300051
电话传真：+86-22-23332651（发行部）
+86-22-23332656（总编室）
+86-22-23332478（邮购部）
主页：http://www.baihuawenyi.com
印刷：成都蓉军广告印务有限责任公司
开本：710×1000 毫米　1/16
字数：195 千字
印张：13
版次：2022 年 3 月第 1 版
印次：2022 年 3 月第 1 次
定价：68.00 元

如有印装质量问题，请与成都蓉军广告印务有限责任公司联系调换
地址：成都市金牛区振兴路 66 号
电话：028-88451797　邮编：610036

目　录

第一辑　被风吹走的光阴

第二辑　眼前风景看不够

第一辑　被风吹走的光阴

被风吹走的光阴

祖母的小菜地

至今，那棵核桃树还静静地站在堂弟家屋后的角落里。

那是浅山脚下一个直角形的角落，核桃树位于直角尖上，站在面对核桃树的地方往上看，右边高坎上，是几十丛竹子汇聚成的大片竹林；左边，是高约七八米陡直的石崖，冬日有些荒芜，夏季则是一壁葛藤爬成的绿墙。少量没被葛藤占据的地方，各种身子高挑的草本植物野蛮生长。

在我童年和少年的时光里，生产队的四十来户人家，家家都有柑橘树林，而核桃树，却只见到这一棵。它高过屋脊，修长的树干，有三分之二光溜溜的，身高两米的篮球明星站在树下，伸出手去也够不着它的枝叶。它一年到头高冷而漠然地站在那里，远看近看，都只能见着它绿绿的叶丛的影儿，即使结了果实，我们这帮孩子也望尘莫及。故而，这棵核桃树没在我们的味蕾上留下什么印象。

只有一次，年迈的祖母扛不住饥肠辘辘的孙儿孙女们的纠缠，寻了一根很长的竹竿，来到核桃树下，用尽她苍老的气力挥动竹竿，在我们脖颈仰酸了也看不见果实的枝叶上，连打了几下，我们以为会有果实扑簌簌掉下来，却什么动静也没有。就在我们快要彻底失望的时候，几个青皮的核桃疙瘩像经过一番深思熟虑，极不情愿地从枝叶间坠落下来，砸到地上，跳出去半米远。那是些我们姐弟从来没见过的玩意儿。祖母将绿色的果皮剥掉，露出了核桃来，碎了壳，让我们分而食之。过年的时候，我曾与弟弟妹妹分食过一个核桃，那油润而香的滋味，在看见新鲜核桃仁的那一瞬，电流般传遍全身，以致两腮的馋口水多得不敢说话。可是遗憾，还没成熟的毛核桃，既长得丑，果肉的味道也不好吃，涩、回味苦。

核桃树树冠覆盖范围之外，几株野生的洋姜和桑树自生自灭，一大丛碧绿的芭蕉，应着季节的鼓点，辉煌地繁衍生息。

隔着浅浅排水沟、与这直角形的角落相邻的，是祖母精心打理的属于她的地块。基本规整的长方形地块，面积跟它的邻居相似。一头占三分之二的面积，由两棵枝繁叶茂、正当盛年的柑橘树占据，另一头不在柑橘树叶丛遮掩下的部分，不足三分之一。惜地如金的祖母总是把蔬菜种到柑橘树叶丛之下。柑橘树枝叶修剪得高，地上的蔬菜有足够的光照空间。我们一年到头常见的，是祖母慢慢移动她被缠裹得严重变了形的小脚，以及她独居的小屋旁的一块菜地，和这块巴掌大的菜地里头来来回回耕耘劳作的身影。至于她农田里主粮的耕种与收割，分别由两个儿子逐年轮流负责。到了时节，祖母会像各家的青壮年劳力一样扛一把锄头，在被踩踏得板结的柑橘树下，挖开三两个沟穴后，颤颤巍巍、步子摇晃地担来粪肥进行浇灌。

古稀之年的祖母，打理的菜地虽窄小，但一年四季的蔬菜品种，却比我父母家的丰富。邻院儿孙满堂的刘家老人，是远近周知的好福气好命老太太，经常被四个女儿争着接去自己家里，一年里回到小儿子家待着的时日与做客在外的时日大体相当。不管在谁家，家里家外的事务不用她沾手。

在没出门做客的无聊时段，老太太便时常走到祖母劳作的地方，两个老人你一句我一句拉家常。我的亲姑姑出嫁没有留后就早逝，为祖母晚年的孤独埋下了伏笔，虽然祖母也养大了两个儿子，还有大大小小六个亲儿孙，但她的命运却跟刘家老太大相径庭：除去更加年老体衰后，从独居的小屋搬出、由两个儿子按月轮流赡养，以及后来卧病在床的时光，她的晚年，吃的每棵菜都需自已种。只要还有足够的体能支撑她正常行走和站立、正常弯腰和抬头，她就活在以劳动自保的状态下。事实上，除了自保，她还时不时地想方设法匀一口食给分崩离析的小儿子家那三个忍饥挨饿、成天一副可怜相的孙儿孙女——也就是我和我的弟弟妹妹。

在一位养尊处优、站在旁边侃侃而谈的同龄老人面前，低头辛劳的祖母内心有没有想到些别的什么，当年的我还没学会去关注。

没人跟祖母聊天讲话时，她便一个人不声不响打理菜地。翻地平土，锄草栽苗，插秧搭架，浇水浇粪。或深埋着头，或高弓着背，或蹲在地。巴掌大的菜地，虽仅能种两行总共八窝或十窝芋头，但每一窝芋头都能旺盛生长，盾形叶片像打着把洋气的伞，一天天往高处伸展。歇年，地里可能被换种成一列苦瓜、一列木耳菜（学名落葵，有些地方也叫豆腐菜、蚕菜）。苦瓜顺着祖母搭的支架卖力地爬藤。木耳菜在另一排架子上欢实地匍匐蔓延。

盛夏炎炎，我们经常躲在阴凉处，很享受地看祖母的菜地：架子上垂挂着鲜嫩的豇豆、丰满瓷实的四季豆、身姿优雅的大小黄瓜瓠瓜，以及地边叶丛间安然而卧、即将长成磨盘一般的大南瓜。沉醉艳羡，不愿移步，唇齿间全是饥饿的胃肠迫使大脑幻化出来的各种美好滋味。而屋后那块巴掌大的菜地里，要么芋头长势喜人，要么一只只苦瓜挂得高高低低，至于那一架肉质肥厚的木耳菜，经铁锅旺火清炒后，鲜嫩滑爽，青葱的色泽还在眼前，那清香的味道已情不自禁在鼻尖萦绕，在唇齿间泛香。

祖母的蔬菜丰收的日子，她的孙子孙女们当然会沾光。换作是而今的我，即使一人独自面对收获的喜悦，也一定会表情舒展，一露笑颜的。可是祖母，一把豇豆递到我们手里，或者两条黄瓜交给我们，除了平淡地说句：“来，拿去吃吧。”表情一如寻常，语气中没有丝毫高兴。

许多年之后我才知道，生于清王朝结束前几年的祖母，在三四十年代，年纪轻轻时，第一任丈夫便殒命于正在修建的机场，尸骨无存，没有任何政府部门和个人提及安抚赔偿事宜。突遭命运残酷打击的她，胆战心惊地带着长女和刚满周岁的儿子，改嫁到巫家。当她惶恐地走到据说脾气很差、凶得出名的曾祖母和祖父跟前，开始她忍气吞声的几十年人生时，是怎样的迷惘和无可奈何，我无法得知，也不忍心去想象。她去世不久，我和妹妹无意从年老的乡邻那里得知一个事实：当年祖母带着一儿一女进门，曾祖母和祖父都只想要她生男孩，说女孩长大了给不起嫁妆还会遭男方家嫌弃，于是当祖母生下女婴后，她便会历经一次又一次挨打的噩运，月子更是得不到好好照顾。当欺压和殴打成了习惯，一切便成了理所应当，即使我的父亲出生，她依然没有脱离苦海。不堪回首的生育经历，足以成为透彻身心的痛，我终于明白，我所见祖母的脸上何以终日没有笑容。

面对乡邻，我们想多一点询问，但是看见父亲瞬间板结僵直的面孔，知道他不愿我们多问。我们想知道的，他多少了解一些，但讳莫如深。

我与祖母相处十四余年，比与母亲相处的时光更多，却从未曾听她提起那些前尘往事，哪怕一点一滴。或许在祖母心里，那些是她永远不忍再回看的伤痛。也或许，看到在父母的争吵打架声中恐惧战栗且吃不饱肚子的我们，已经足够可怜，她哪里还会把自己的陈年不幸叨叨出来，给我们的心灵留下阴影？自打她开始在两个儿子家里，逐月像走马灯似的搬来搬去，只为换个锅灶煮饭吃、换个房间换张床住，我听她说的次数最多的一句话是：“人老了，做不动了，就遭人嫌了。”有时是说给我一个人听，有时是在几个儿孙面前叹息自语。每次听到她话语中的悲凉，我虽然能感受到，却总是以沉默相对，笨拙得一句宽慰的话都说不出。

假如当年我能主动跟她摆摆龙门阵聊聊天，相信是可以让她敞开一角心扉，稍稍讲讲那些尘封在生命深处一些往事的。那样她的情绪多少会得些纾解，精神多少会减轻点儿苦痛的重压吧。可惜这一切，只能是我今日了然的悔悟了。

菜地上的玩具

生机盎然的菜地，总晃动着祖母勤劳的身影，散发出让我迷恋的气息。除了吃，那些蔬菜的某个部分，往往还成为我们的玩具。那些天然的玩具，饱含着祖母的慈悲、隐忍和善良。

在物质匮乏的年代，撑得出一把雨伞的人家不多。人们普遍戴斗笠、草帽，或者把化肥包装袋洗净裁开，自制成最简易的雨披。但是上了学、识得了几个字的孩子，哪里还看得上这些土里土气的雨具，他们都渴望在阴晦的雨天，头顶上方，能骄傲地撑开一朵花儿。伞，这个在家乡的方言里叫“撑花儿”的物件，是当年的孩子们尤其是女孩们，在雨天的乡间小路上可以不急不缓从容行走的一个清美的梦，美得如同漫天晶莹的雨丝，闪闪烁烁。

身在贫寒农家，这份向美的心思只能寄寓在玩乐中。翡翠一般碧绿的芋头叶子，在夏日偶起的风中轻舞，不正是一片翠色可人的伞吗？我们个个都极想去摘一柄来，握在手中，显摆够了之后，故意撑着它到大太阳底下走，同时，还在内心期盼一场雷阵雨快来。

然而这植物天生有一种跟我们作对的“特异功能”——茎和叶子的汁液，一旦沾到衣服就会留下褐黄色的污迹，再难洗掉。大人们早前叮嘱告诫过，因此轻易也不摘它来玩。偶有顽童悄悄低下头，“嚓”一声响后，扛着一柄翠伞迅速逃回竹林里。没隔多久，祖母恰好来了，看见芋梗断茎上汁液渐渐凝成褐色眉头皱紧，表情凝重，声音沉沉：“娃儿都不晓得心痛！糟蹋东西！”她内心的愤愤不平我明显能感知，但是她却不会追问或责骂哪一个孩子。

夏天，竹林是孩童们玩乐的天地，玩乐的“魔爪”时不时就伸到祖母的地里，比如苦瓜。一见到竹篱上攀缘缠绕牵牵绊绊的苦瓜藤上，结出了大拇指粗的半大不小的瓜，孩子们的手就有些痒痒，想摘它们来摩挲把玩，最好还能攀比下谁摘到的那颗更好看。但作为她的亲孙子辈，我们得过她的教导，一般不去糟蹋她的劳动。

“瓜儿才起蒂（刚坐果）。好东西，是不可以糟蹋的。”祖母平静地训诫我们两句之后，不忘记把并不太远的美好希望留给我们，“你们过几天再来，熟透的苦瓜会变黄，张开大嘴巴等你们。它肚子里的瓤颜色鲜红，掏出来就可以吃，甜丝丝的，一点儿苦味儿都没有。瓤里面的籽可以做你们的‘耍伴儿’（方言词汇，就是玩具），不想要了丢到土里，它还会发芽长苗。”当然，这样熟透的苦瓜，要么是祖母故意留来收籽的，要么是长在不显眼地方被叶丛遮挡，漏采了，数量不会太多。不过哪怕就一只，裂开的“嘴”已经漏了一两颗籽粒到地上，大肚腹里还有丰富内容。捂住它裂开的“嘴巴”，小心翼翼摘下，摊在手上，顺着裂片处掰开，每人伸出手指掏几颗，鲜艳的红，柔软的瓤。姐弟几个在甜甜地分享一回美味的同时，缓解一些腹中的饥饿，——这饥饿，常常是因我们的父母各自忙着各自的事儿，完全顾不上造成的。

然而，哪怕乖巧听话如我，混在一大群孩子里边，一旦玩得忘乎所以了，也难保忘了祖母说的话和她心疼庄稼的模样，跟其他孩子一样，将“魔爪”伸将出去。事后，看见祖母踮着小脚，走到菜地跟前发表心痛感言时，才懊悔地站在她身后一言不发，把头低到脖颈疼，大气都不敢出。

那些年安静的祖母身后，经常跟着一条安静的小尾巴，那尾巴就是我。祖母看见我对着木耳菜翠绿肥厚的叶子摸摸捏捏，大概很担心我会摘下来玩儿，不大言语的她便会及时地说：“再过一阵，藤上结的一串串的圆果果会变红，那个摘下来才好耍。足够多的话，挤出里面的水来可以染布。”

那些炎热无聊的夏日午后，我们采了大堆的木耳菜果实到竹林里。我们没有布可以染，只是简单的玩法：掐一颗果实下来，一边挤汁水一边在自己的手臂或腿上脚上胡乱涂鸦。有时候有人主动“献身”，任由伙伴们在他脸上、裸露的前胸后背和四肢上自由发挥，结果他就成了非洲草原上跳着最古老民族舞蹈的非洲怪人，惹得大家笑岔了气、笑翻了天。

植物的汁液一般沾在衣服上了都不好清洗，芋头茎叶留下的褐黄令我们厌憎，木耳菜果实的红色却让我们情有独钟。当年我更倾心于另一种玩法——制作红墨水。作业本上老师用红墨水留下的勾和叉，在我们心中是一种神圣的红色印记，但红墨水只有老师能用，也只有老师们有。因此，当看见成串的红色、紫红色的木耳菜果实后，不少小学生跟我一样，羡慕变成了不甘心——有这么好的原材料，我们可以自己制作红墨水！于是大家拼命将圆果果的红色汁水都挤出来汇聚到一个小瓶里，然后高年级学生挤干自己本来“吃”了一肚子蓝墨水的钢笔，“喂”给它半腹红色果汁。虽然果汁水笔书写不那么流畅，笔迹也不似老师那样的鲜红，但是过了一把当老师的“瘾”，心里美滋滋的。大孩子们“瘾”过得差不多了，才轮到还在用铅笔写字的低年级学生。他们煞有介事，先把笔尖伸到“红墨水”里蘸一蘸，然后才在旧作业本每道习题后面，认真地添上一个勾或叉。回想模仿完毕那一刻，每个伙伴心满意足的言语表情和动作，他们应该跟我一样，内心满是充实和释然。

和祖母生活的那段日子，那些与菜地、竹林息息相关的年少时光的快乐欢欣，是无可忘怀的。物质生活的极端贫困，父母不和及失去温暖的家庭，让我们的童年少年时光如铅灰色一般阴郁暗沉。一双黑漆漆的眼睛常常迷茫地望向虚幻不可期的未来，唯有在蹒跚来去、辛苦劳作的祖母那里，一颗孩童本该欢脱的心才能得到安顿。只是，年少的我们并不知，其实祖母她自己，也是苦难的化身。如今，祖母已在地母怀中安息多年，远离故乡的我每一趟短暂回归，仿佛都能感到她慈爱与温婉的气息留存于一草一木间。一直悔和憾的是，我对她知之太少。

五元钱打开一道门

祖母的菜地除了供给我们吃，也给我们提供了快乐的源泉。那些贴近地面的枯黄的，甚至接近于腐烂的菜叶，祖母几乎一片都没落下，将它们捡拾起来，带回屋里，喂给了为她贡献着鸡蛋的母鸡。那瘦小却温顺可爱的麻花色母鸡，是也在贫困边缘徘徊的、我们的干姑母送给祖母的。每当夜晚来临，麻花色母鸡便歇宿在屋角的稻草窝里，与祖母同居一室。祖母每日见它在屋里踱来踱去，从它的草窝中跳进跳出，时不时会想念她的亲女儿，在这份想念中，又有多么深的痛苦愧疚与无奈？当年只关注她的花母鸡和她屋角的鸡窝里有没有鸡蛋的我们，是全然不知的。

干姑母送只生蛋鸡给祖母养着，是希望祖母能经常吃到鸡蛋，补补身子。祖母却舍不得吃，那时断时续的鸡蛋被攒起来，趁赶集天，卖了换点针线给可怜的孙儿孙女缝缝补补。祖母那个百宝箱似的针线箩里，除了黄金珠宝没有，针头线脑、麻绳、布头，我们叫得出名叫不出名的家什，齐全得很。菜地里萎黄的菜叶，变成了鸡蛋，那些鸡蛋，又大多换成针头线脑布头，将风寒驱逐在我们的身体之外，守住了我们单薄的冬衣下仅有的那点儿温暖。

而有一天，祖母的鸡蛋居然解决了我的学杂费，帮助我推开那扇险些关闭的教室门。这段经历像隔了好几个世纪，却又清晰得像是发生在昨天。

那是个雨淋淋的早晨，读三年级的我，背着书包，站在屋檐下掉眼泪。妹妹比我小两岁，刚读一年级，不知愁的她跟着小刘家的女儿先去学校了。

弟弟进了祖母屋，因为下雨无聊，多半又把祖母的花母鸡当玩伴，玩捉了放、放了又去捉的游戏。我们上学期间，弟弟主要靠祖母看管。半学期过去，整个村小就只有我还没交学杂费。

头天晚上，不知是第几次，泪雨滂沱地请求父亲替我交学杂费，父亲很长时间不吭声，后来终于冷冰冰地说道："没钱就是没钱，你逼我去偷去抢？识数了，也写得来自己名字就行了。没钱就不读了！女娃娃家，识那么多字又有啥用？"

院里除了我和同龄的四个孩子在念小学，只有二堂姐升上了初中，其他或多或少年长我几岁的，都是读完小学，或因成绩不好未读完小学，就开始在家帮忙干活。不读书也能活，确实没啥用，父亲的说法不是完全没有道理。可是他们不渴望读书我渴望，很渴望，我做梦都想进教室。

"爸，就真的不能借吗？"这句话，我在心底吼了无数次，却始终没冲出喉咙，除了眼泪，我再也没有反抗的方式和方法。那时的我根本无法把交费的希望寄托于离家而去的母亲，母亲一年到头不知啥时候才回来看我们一次，她是漂泊在县城还是更远的地方，我们一无所知。

父亲在房里和屋檐下走来走去，我不甘心，便守在屋檐下，半倚半靠在门柱上，厚着脸皮不断向父亲求要学费。不管父亲回不回答，我近乎绝望的眼泪一波又一波地往外奔涌。泪眼迷蒙中，瞥见院坝里有人走动，害怕自己泪水肆虐可怜兮兮的惨模样，被院里几个年长的当笑话看，瞬间压住眼泪，做出自己站在门边瞎玩儿的样子，手指头在门柱上涂涂画画——抹过腮边泪水的手，往门柱上随便摁一下或画一下，都会短暂留下湿痕，于是门柱上留下一批又一批转瞬即逝的模糊手印和画不圆的圈儿。看着自己的"杰作"，竟然瞬时之间遗忘了自己还陷在一个大不幸中——湿淋淋的院坝空空荡荡，年长的家伙们并没谁走过来笑话自己，或搭理自己，父亲丝毫不松口，学杂费依然没有着落，藏在石头下的伤心立马又掀开了口子。

眼泪为即将失学的事汩汩而流，父亲却丝毫不为所动。本该上学的时光，在父亲冰冷的坚持和自己无望的等待中，一分一秒痛苦地煎熬过去。

父亲终于一言不发披蓑戴笠出门而去，我被彻底的绝望席卷。

我再也顾不得被谁笑话，手臂枕在门柱上，头埋到臂弯里，任眼泪湿透衣袖。从此不再上学读书，于我来说像天塌下来一样。我依稀看到，不几日后，一个娇小的女孩，身高还够不着家里担水的桶，却整日费力地在麦地里挖土挥镰，在秧田里栽秧割稻，带着一张稚嫩却无比绝望的面孔——那不是别人，正是我自己。

不知道自己被世界遗忘了多久，也不知道自己流了多少眼泪，突然手臂有被触碰的感觉。张开迷蒙泪眼，看见的是脚边的地上，多了一双被青布鞋面掩住的尖尖脚——我知道，哪怕我涕泪交加自始至终没有哭声，祖母定然隔着院坝早有关注，心中也有八九不离十的答案。我以为像平常一样，她只是来给受委屈的我擦擦眼泪，以示宽慰的。

终究还有一个人理睬我。悲从心来，在抬头看向祖母的那一刻，又一汪强势的泪水迷住双眼。我胡乱用手背抹着眼泪，用衣袖蒙着眼睛。突然指尖传来异物的触碰——像是纸张的边缘，接下去又是光滑的感觉，很快这个感觉深入到了我的手指和掌心间——凭着穷孩子对钱币的敏感，我意识到那是一张纸币，一张对折了两次之后变成窄窄的长方块的纸币，正是我此刻最最需要的救命的物件。

我的悲伤突然被抽走，睁大眼睛去看祖母不声不响塞到我手心里的纸币：一张淡紫红色花纹图案的五元钱纸币！

这天底下只有年迈体衰的祖母还懂我、以她仅能用亏待自己的方式来疼我助我！

百感交集抬头，想仔细去看看祖母，可是巨大的悲怆感，再次让我泪水滂沱。

祖母轻轻缓缓地说："去吧。"我如梦初醒，抬起头：这会儿奔往学校，估计第一节课要下课了，不过总算可以继续上学啦。我该有多么感激祖母菜地里即便是一片腐烂的菜叶，感激祖母房里那温顺可爱的麻花色母鸡生的每一只鸡蛋，感激我的祖母。

我手心里紧攥着带着祖母手温的五元纸币，除了掉眼泪不知该说什么。祖母再次轻缓地说："快去吧。"我这才抬脚转身，僵直的腿迈过堂屋、灶房，走出我家的后屋门，彻底地擦擦眼泪后，转瞬冲进如烟的雨雾，大步流星地奔跑。

留一份纪念，到永远

打我一出生，祖母就一直在用她的方式照看我，是我生命中最亲近的老人。与她相依为命了十四年半，突然有一天，已经离异的母亲，从初中的校门口径直将我带去她新组合的家庭去生活。突然毫无征兆地从她眼前消失，对我的挂牵惦念和各种不放心，年幼的妹妹从不在书信中说起，倒是比祖母更寡言少语的父亲，曾向我幽幽转述过。

两年的分离时光，我在外省参加完中考，随母亲辗转回老家所在的县城生活。第一时间我便奔回乡下站在祖母跟前，望着这个孤独地坐在竹椅上，比一个孩子更柔弱和无助的老人，我的悲伤逆流成河。

以为只要攒够两张车票钱，从此可以利用周末和节假日，往返城乡间，常回去看看祖母，跟她说说话，也常回去看看还在父亲家的弟弟妹妹，这愿望的践行却只持续了半年。半年中忙于读书改变命运的我，只匆匆回去过三五次。最后一次的相见，在新春正月里，是我和妹妹随母亲走亲戚后，用压岁钱买了祖母曾经喜欢的食物绕道回去看她。祖母正好在父亲家。我们一进堂屋门，父亲就说，祖母已经多日昏沉未起床，未进食。我问父亲为什么生病了不去医院，父亲说赤脚医生来看过，打过针，也拿过药了。

我们进屋，却见祖母披了棉衣弓身坐在床上，看见我们，她的意识似乎很清醒。看见她意欲下床的举动，在相跟我们而来的几个少年玩伴的协助下，我们七手八脚帮她穿好衣裤棉鞋，艰难地扶她坐到那张陪伴了她几十年的竹椅上。后来，伯父一家也从亲戚家返回，一起围在了祖母跟前。终于看见祖母当着我们的面吃下去一碗汤食，我觉得心里压的大石头可以落地了，开心地带着妹妹一转身进了城。年少无知的我们，完全没有意识到，祖母在新年的爆竹声中已是弥留之际。

就在我还差二十三天满十七岁的那日清晨，祖母在一场大雪中孤独地离开人世，陪她、送她的只有与她同宿一室、同眠一床的、我那睡梦未醒的弟弟。

2017 年初冬的一天，我正欲下班回家，堂弟微信发来一张图片，是老家的新屋灯饰安装完毕后，他正对着堂屋大门拍下的一张照片。红铜色大门的门柱两边，各有一盏素净雅致的大门灯安静地候着。猛然觉得，从那一刻开始，这世间有一盏灯，将永远为了我而点亮。有了它，游子远在天边，也可以心安了。有了它，即便在孤独深黑的暗夜，我也可以心怀温暖地回家了。有了它，肉身不在时，灵魂亦不会漂泊无依了。

其时，我独自站在办公室门口，楼道里冷风穿行，我的眼中心中却热流涌动，发生在故乡老屋里的纷繁过往，争相涌向眼前。最先到达的、最清晰的，还是我们从村小放学归来的那一幕画面：衣着单薄、穿过冬日冷雨的我们，一跑进院子，就开始高举着两只冻得像红萝卜的手，像高举着什么胜利的旗帜，嘴里呼喊着“烤火烤火啦”，兴冲冲奔向祖母。不管当时吃住在哪个儿子家里，坐在竹椅上的祖母只有一个举动，就是掀起系在她身上的蓝布围裙的一角，露出围裙下那只暖暖的烘笼，迎接我们冰疙瘩似的小手。她暖暖的大手，在围裙底下动来动去，一会儿握这个，一会儿又去握那个，我和妹妹还有堂弟，不管是哪个的手，一旦被她握到手里，就会快乐得头一歪，尖叫一声：“哎哟喂，好热哦！”脸上笑得肆意，——

完全没去想祖母的手触到我们那一刻，会是怎样冰冷的一击——笑容都快被幸福融化掉了。

故乡冬日老屋里的这一幕，让我在冷风中热泪盈眶。突然觉得自己一直以为阴郁的童年，其实一直很温暖。

我饱尝人世苦楚的祖母，也会因这大门前的灯光而温暖了吧。

（原载《红岩》杂志 2021 年第 2 期）

橘在记忆的册页中

每到姹紫嫣红的繁花主宰世界的时节，我便在心头打开了记忆的册页——故乡川东南那一片高低起伏的丘陵，那一棵棵柑橘树的枝柯间无数黄白色的小花朵，在浓密微香、闪烁着釉质光泽的树叶间，节日的灯盏般密密集集地点亮了。阳光斜射进柑橘树林，有风吹过，有蜜蜂飞来，有鸟儿在枝柯间鸣叫穿梭，还有一个梳着羊角辫的小女娃，背着个打猪草的背篼，从树荫下匆匆走过。

故乡的柑橘树林，跟故乡的竹林、玉米林、水稻田、花生地一样，是离乡游子梦回时一卷浓墨重彩的画卷，一次次将我对人间幸福与生命惬意的最原始的理解和认知唤醒。

柑橘来到我的故乡，比我来到这个世界更加偶然。二十世纪六十年代末七十年代初，祖祖辈辈苦于耕地少的乡亲，终于发现那些坎坷不平的丘陵，特别适合种植柑橘树。试种之后，柑橘树不仅色味兼优，而且丰产稳产、经济效益不错，很快便大面积种植。这便有了我记忆中那狭长谷地两侧绵延起伏的坡地上，声势浩大、四季常青的柑橘林带。后来，这些柑橘树按人头划归到各家各户。得益于从农业技术指导员那里学到的技术，乡亲们把自家的柑橘树培育得更加生机勃勃。

故乡的柑橘树林，是我精神世界不可更换的回忆底片，可多年以来，我不敢去触碰它。因为它墨绿的厚重阴影，总是和那身材矮小、被母亲怨恨终生的父亲的身影交织在一起。在我的脑海里，父亲和柑橘树林总像约好的，同时到来，或者一同离去。

父亲跟故乡的许多乡亲一样，把柑橘树作为改变家庭经济条件的必要手段，而母亲似乎觉得这一片果树跟她对世界的向往无所关联。记忆中，父亲每次臂膀上架着一把长木梯、手握黑色大剪子走向柑橘树林，或者肩挑一担粪水、扁担嘎吱嘎吱颤悠悠地走向柑橘树林的时候，此时必定会传来母亲的声音："一天到晚就晓得去弄那几棵柑子树！结几个柑子卖两个钱，连买盐巴都不够，有啥子用场！"对于母亲的高声抱怨，父亲不可能听不见，但寡言的他依然若无其事地走着，不回头、不争辩，向他心中唯一的目的地进发。我的小心脏因母亲的话加快了跳动，好奇又有些向往的目光一直追随父亲搁在肩上、比他身长多数倍的木梯或挑着一担粪水的身影向院外移动，直到被邻家的土墙毫不客气地挡住。除了从母亲的语气中感知自己不适宜跟在父亲后面去看稀奇，也有对父亲的怕。早期的生活经验告诉我，如果跟过去，父亲会横眉毛瞪眼睛低吼一句："跟过来干啥子？"在父亲的观念里，拖鼻涕的小女娃只能跟在当娘的后面，哪有跟在干技术活、重体力活的父亲身后的道理？当我自己经历了沧海桑田般岁月变迁后再来回想和反思，猛然领悟到他们的婚姻为何彻底走到了尽头：当年的父母对柑橘树的态度都那样背道而驰，更何况他们对生活的态度。

父母的婚姻解除后，母亲的身影便在家和农田中销声匿迹。田里也好，柑橘树下也罢，父亲几乎出现在所有的劳作画面里。我有了更多机会亲近那些原本令我好奇又神往的柑橘树。整形修剪、灌水施肥、采摘果子，我和妹妹，在这些劳动中成了给父亲打下手的小帮工。我非常喜欢待在柑橘树下的感觉，尤其是刚经过修剪的树。仰头能见优美的树姿，枝干疏密有致，树冠通风透光，伞形的树冠只在叶间漏些斑驳的蓝天。鼻尖近距离感受着柑橘树叶的清香和新剪的枝条所渗出的汁液的芳香。虽然不在花期，林间却是一个香气浸润肺腑的醉人世界。毕竟童稚之心更多充盈着对同龄孩子自由玩乐、家庭和美的羡慕向往，因此我并没有太多心思去关注父亲一年到头侍弄柑橘树的章法和规律，只知道他在家与柑橘树林间来来去去，为了那些自己也喜欢的花呀叶呀果呀，忙忙碌碌。

四千年前在夏朝已被列为贡税之物的柑橘，因为它的美味和抹不去的记忆，渐渐成为我记忆中不可能抽去的册页。大学毕业，在异乡的土地扎根生活后，常常于寂静之夜，穿过千重山万道水，去关注和揣测柑橘树的一枝一叶、一花一果是否正踩着季节的鼓点，变化着生命的节奏。他乡谋生近二十年，对柑橘树的牵念，内容与形式多种多样：在轻松愉悦的状态里想起它时，我看到的是扎着两条羊角辫的我正碎步走过开满黄白花朵、芳香四溢的柑橘树林，兴冲冲赶往生机勃发的田野去打猪草、摘野菜。而跌入人生的低谷，品嚼着不尽的悲苦抑郁想起它时，那个轻盈自由毫无羁绊的我则早已乘风而去，落脚在儿时经常攀爬的那棵树，骑坐于树杈上，背靠着粗壮的枝干闭目凝神；在人与树的对话中，身体的每个细胞渐渐化成一截枝条、一朵黄白色的小花、一个青黄的果儿，最终让浮躁不安的灵魂复归宁静。

从来没想过，有一天，我回乡时只能看到绵延的山坡上荒草萋萋，记忆中浓墨重彩的柑橘树林不复存在，取而代之的是齐腰的蔓草，在凌乱中长得汪洋恣肆。我无限疼惜满腹伤悲地问已是苍颜的父亲：柑橘树呢？怎么会变成这样？

父亲似乎早已接受了女儿惊骇的事实，他平静地对我说："现在人只喜欢无核橘、脐橙之类的新品种。柑橘有籽，吃起来不方便，买的人越来越少。年轻人都出去打工了，年纪大的人也没精力和体力去做嫁接新品种这个事了。经营管理费力费钱，果子还卖不出价钱，后来，开过会大家意见统一，就把树全部砍掉了。”

这些年，人们已经习惯了大棚种植之类规模化生产出来的东西，市场上到处是色泽诱人、大小一致的水果和蔬菜，农民自养的禽畜、散种的水果和蔬菜，几乎要在市场上绝迹。故乡柑橘的消失，已是意料之中。我不忍去探问，在那个声势浩大的砍树季，年老体弱的乡邻们，挥动刀斧时，心中是解脱的快意，还是跟我一样在心底流着恋恋不舍伤心的泪滴？我迷茫着双眼长久无语。

故乡的柑橘树林消失了。在年轻人纷纷离开土地、去镇上或者县城安家之后，肥沃的农田被荒草占领，丘陵恢复到原始状态。有人说那里可能被规划成果园种植基地，有人说那里可能会被开发成湿地公园，也有人说那里将松涛阵阵，长成森林——不管是果园、公园，还是森林，希望它都能承载起故乡人和他乡游子绮丽斑斓的梦境。

（原载《翠苑》杂志 2018 年第 2 期）

伙伴

一

那时，我们窝在丘陵深处的土墙瓦房没有窗户。要是把门关上，除了门缝和瓦楞间的缝隙会透些光亮，主要依靠屋顶的两片亮瓦（一种透光瓦片）采光。不管卧室还是灶房，屋顶的亮瓦距离地面太远，阴雨天房里总是一片幽暗。矮小的猪圈屋反倒敞亮些。阳光朗照的晴天，我们常常看到太阳光透过亮瓦形成矩形光影，白亮亮的打在猪的身上，每根毛的长短都清晰可见，反射着柔和的光芒。

两只耳朵灵敏的猪崽，正卧在白亮的光影下养神。一旦听隔壁木桶木勺发出的钝响，它们的四条腿就跟弹簧似的，一下子撑起健壮的身躯，哼哼着奔向食槽，喉咙里的叫声，一声比一声响。光线暗淡的灶房里，一个比木桶高不了多少的小女孩，刚刚被母亲弯腰低头面授机宜，她即将照着母亲的方法，学着去完成一件无比伟大的事情。她一双小手抓住大木勺的长柄，从木桶里舀了半勺猪食，然后紧握木柄小心翼翼端起来，从灶背后一步一步走向猪圈屋的门，穿过门再走七八步，就到了猪圈跟前。她学着母亲的样子，把木勺从栅栏间伸进去，倾斜一倒，饥饿的哼叫立刻消失在栅栏后面。

从蹒跚学步起，她就爱跟在母亲身后，看她给猪喂食。猪食一倒进石槽，猪的哼叫戛然而止，猪崽低下头吧唧吧唧专心抢食。那一刻，她觉得母亲好神圣。

看猪吃得那样欢，她笑得比猪还要幸福，旋即抽回空勺，飞快转身，跑回木桶边去舀第二勺。她早就悄悄试过了，她的力气只够端半勺，多了没法在运送途中一直让木勺保持水平。木勺一倾斜，辛苦备好的猪食便会洒在半路上，那太可惜了。至于把木桶拎到猪圈跟前再盛舀，需要她再吃几年饭，才长得出那份力气。

举着空勺的她，小腿儿跑得飞快。她要跟猪比赛：半勺猪食实在太少，猪崽用嘴筒子在石槽里慌慌地杵来杵去，一旦发现食物没了，就会再次抬起头来哼叫。她得赶在让她心慌慌的声音响起之前，为它们送去第二勺食物。这些只管吃睡玩不干活的猪，是孩子们最淳朴憨厚的玩伴。她尤其欢喜它们，尤其喜欢喂它们食物。

她难得见到过一两次父亲喂猪：父亲单手把和好的大半桶猪食提到猪圈跟前，停顿一下之后，拎起木桶，木桶一下子越过围栏顶端。他身子靠在栅栏上，上半身大幅度向猪圈内弯下去，一口气将木桶里的猪食倾倒进石槽里。他们家里，也只有父亲有这样的力气能如此简单地完成这种事情。不过父亲有更多农活在等他，不能总被家务小事拴着。穷人的孩子早当家，她是长女。从那天起，在母亲的鼓励和赞许下，她开始承担起打猪草、切猪草、喂猪这一系列的活儿。这个女孩，便是我。

二

每年正月十五过后，父母都会从集上用背篼背回来一头或两头白毛或黑毛的小猪，一尺多长。我和弟弟妹妹外出玩耍，或者放学回家，看见堂屋的墙角边多出了活物，便会奔过去叫一声："哇，小猪！"本来小声小气嘤咛作声、用鼻子呼呼地嗅着墙角的小猪，猛地抬起头，朝我们晃两下，瞅瞅我们，像是接受了我们的欢迎，然后又低下头去，小尾巴在空中甩着圈儿，在它们根本拱不动的土墙下部基石与混凝土地面的交界处，天真地杵来杵去。

这断奶没几天的小家伙活泼泼的劲头，立马让人喜欢上。我们蹲下来急吼吼地把手伸过去，想去摸它，以示深度友好。手指尖刚触碰到它一点儿毛尖尖，小猪崽就灵敏地一激灵，喉咙里沉闷地"哼"出一声，发起抗议来。那一刹那，它像被施了定身法术，愣在那里：小脑袋警惕地朝向我们，眼睛定定地瞪着我们，后半截身子还扭开了一段距离。那架势明摆着在说：你是哪个？本小猪还不认得你！

在我的老家，乡民的猪圈都搭建在化粪池上，猪圈底部由两米来长、三四十厘米宽的石板铺排而成。在预备给猪睡觉的区域，石板铺得紧密，只留小缝隙；而预备安放食槽和供其拉撒的那一半区域，为了尽量避免猪粪堆积在猪圈里，石板之间空隙留得比较宽。只有半大的小猪才好关进去喂养。

刚买回家的小猪还太小，猪圈的围栏关不住它们细小的身躯，猪圈里较宽的石板空隙也对小猪的安全构成威胁。于是小猪可以有一两个月散养的自由时光，吃在灶台背后的小食槽里，睡在灶门前的干草堆上。我们也随之有一段几乎可以跟小猪同进同出的时光。

其实，一年到头，我们姐弟三个是很忙的，要上学、要帮着干农活儿、要摘桑叶养蚕、还要照顾好一头或者两头猪。

我们在很小的时候就知道，养猪的好处很多：有源源不断、不花一分钱的肥料；缺钱用了，养大的猪能换回钱；不那么急缺钱，自己养猪杀猪，一年到头饭桌上多几次荤菜露脸的机会，我们饥饿的肚子当然是敞开了欢迎。

从春到冬，我们毫无怨言、兴致勃勃地把一头小猪照顾成一头大猪。其动力有多少来自口腹之欲，多少来自照顾一只生灵过程中得来的欢欣和快乐，是难以做出什么理性分析的。

有一年，刚出栏的小猪市价比较高，直到油菜花在春风中开得汪洋恣肆，小麦开始抽穗，父亲才从集市上背回来一头小白猪。

小白猪的长相有些特别，一身白，偏偏眼睛周围一圈儿黑，像戴了一副黑框眼镜。来我们家时间一长，小猪就把地形认清了，跟我们也都相熟了，一唤它，它就到跟前来。除了吃和睡，它便在堂屋、灶房和灶房门外的屋檐下游逛，或者翻出堂屋那高高的门门槛，到院坝里闲逛，满地都是它开心的时光。

小猪在院坝闲逛，得有人看着，提防它跑远了，唤它听不见，东南西北寻起来没个方向。看小猪这事，一般派给年纪最小的弟弟。偶尔妹妹不想去做某项家务时，也会耗在大门边，跟弟弟打一阵嘴仗，争揽这桩轻巧活儿。

油菜长出青芽、小麦开始扬花的时候，也是农忙的时候。那只父亲背回来的小白猪，脖子上便被系上了绳套，牵着它一起外出。刚一跨出院坝，踏上柑橘树林间的小路，那四溢的花香、令人沉醉的香气，一定也让这只小生灵感应到了，它的四蹄便开始撒欢儿，快速交替向前。与其说是我们牵着一头小猪走，不如说是它兴高采烈牵着我们姐妹出行。它兴冲冲走在前面，不时发出哼哼声，两只招风耳一扇一扇的，偶尔埋下头去，鼻子杵杵地面。我知道它想欢跑起来，可是绳子传递到它脖子上的紧绷绷朝后勒的拉力，让它不得不慢下来。它只好低头又去地面上杵，看看有没有什么可吃的。我们姐妹各自肩上都扛着一把长长的锄头，紧紧跟在它后面。

到了田地，本打算把绳子拴在桑树上，看它那兴奋样儿，再看看田里的庄稼都不再是翠绿鲜嫩的苗，不用怕小猪啃吃或踩踏了，我和妹妹决定不拴它。天地那么大，我们不想它被拴在半径两米来长的圈子里。任它自由自在，这大概也正是我们被束缚在庄稼地里的童心，下意识的选择。

我们的农活儿是为加速生长的玉米苗固根，顺带除杂草。做这些是防备夏天到来后，高挑的玉米秆容易被阵风掀倒。父亲来回挑粪水施肥，我和妹妹双手握紧了锄头，一锄一锄挖土、掏土，眼睛不时瞅瞅小白猪，猜想着它的长嘴筒有没有帮它拱到可口的草根，或是其他什么美味，同时也得提防它跑远，去拱了哪户人家的菜地。

小白猪在麦田边专心拱它的泥土，吧唧着嘴筒子嚼东西。天蓝得温顺，阳光正好，微风也正好。可是劳作带来了肩膀、手臂和腰椎的酸软乏力，我们不久就得停下来，上半身撑着锄头把儿，立在地里歇气。这时我们第一时间关注的，还是几米外陪伴我们的小伙伴在干啥。我们发现，自在地寻着野食的小白猪，偶尔也回过身，抬起它的“黑眼镜框”，面向我们“嗯——嗯——”地打响声，然后又低头，继续哼哼着拱它的泥土。

农活儿结束，家务事也忙得差不多了，跟小白猪待在一起，是我们的日常休闲。小白猪在院坝边一堆黑漆漆的煤炭渣里拱来拱去，尾巴不停歇地甩，粉嘟嘟的嘴和鼻，弄得黑乎乎。真搞不懂，它在烧过的煤渣里能寻到什么食物。我们凑过去观察了半天，看不出名堂，就听它嘴里把什么东西嚼得咔咔直响。忍不住唤它，把它逗引到院坝中间来。我们蹲下身，一个摸它的头，另一个拉它的招风耳，最调皮的伸手捏住它的嘴筒，封住它的嘴不让自由开合。捏嘴筒的动作让它很紧张，它左摆右晃，身子朝后退，几下就挣脱了束缚——看它着急的样儿，我们都笑了。

可是它一转身，就不记得刚才的紧张了，又扬起它的一对黑眼镜框，哼哼着，拿黑乎乎的嘴来杵我们的手，眼睛里充盈着对食物的向往，又似乎在表达着无限的信任和亲近。哄它过来，青菜叶子都没给它喂一棵，它便开始撒娇，用嘴筒拱我们的鞋底，用头蹭我们的腿，意思明摆着，不想让我们安生地待在那儿。

妹妹突发奇想，把小白猪当马骑，跨到它背上，嘴里念叨着："驾！驾！""骑"着小猪往前走了几步——事实上她用自己的两条腿支撑着身体，不过是屁股挨着小猪背脊，装装样子而已。院里别家的孩子也围拢来。弟弟见了姐姐这样，立马跟着学。他一坐上去，我连提醒他的话还没来得及说，小猪便哼哼地叫了两声，急速从他身下溜之大吉。弟弟从猪背上滑下来，摔了个四仰八叉，委屈得直掉眼泪。他还不知道，他的二姐过去也摔过，只不过已经摔出了经验。

在一帮孩子的笑声中，我们的父亲来了，了解原委后，一边数落妹妹，一边叫我去拿酒精和棉花来，给弟弟的伤处消毒。我不忍看弟弟被涂抹酒精那一刻的痛苦模样，犹犹豫豫，下不了手。父亲把酒精瓶子拿了过去……

一番跌宕过后，再去关注小猪，它又在拱那堆黑漆漆的煤渣了。我盯着它看得出神。我真的很好奇，小猪一天到晚不停在地上拱啊拱啊，它那粉嘟嘟肉乎乎的嘴，怎么就从来没见划伤，它的鼻孔也从来不会被什么乱七八糟的东西给堵住。

我们再次把小猪逗引到院坝当中。在黑煤渣里折腾了大半天的它，一身皮毛仍是白白净净的，滚圆的身躯，摇着尾巴翕动鼻翼，在我们脚边嗅来嗅去。没寻到吃的，又抬头看我们，眼睛里似乎充满询问。我们忍不住用头去顶它的头，用脸去贴它的背脊或者肚腹。小猪娇憨可爱的模样，让我们一边对它笑语娇嗔，一边伸出手帮它挠脊背和肚皮，安抚它。于是它很快就乖乖地立在你的脚边，舒服得忘记问你讨吃的了。如果挠它前胛缝，只需两三下，它就卧倒在你跟前，安安静静等待你继续为它服务。这时，它的身子正好暖乎乎地压在你的脚背上，你的脚背成了它的靠枕——虽然有些窄，但人家一点儿不嫌弃。

邻居家每年从市场买回来的小猪，个头儿基本上都比我家的大，多数时间拴在柑橘树下或院子边上喂食，放养的时日不长，就开始了圈养。邻居中年龄相近的小伙伴，经常跟我们一样，睁着一双兴奋的大眼睛，围在我家小猪身边。有时几个小孩玩兴大发，商量好了分别蹲在小猪身体两侧，左边的一个把手伸到它前胛缝，轻轻慢慢挠几下，小猪左前腿开始弯曲，想要舒服地侧卧到地上，这时右边那个依葫芦画瓢，小猪的身子收住向左卧倒的姿势，渐渐站直，慢慢向右倾；右边这个突然又收手了，让左边那个继续……一头温顺的小猪，在一帮小孩咯咯咯咯的笑声中被捉弄来捉弄去。最终小猪的大脑大概完全被舒适的睡眠细胞主宰了，它四肢一曲，眼睛一闭，哼哼两声，端正地趴伏到地上，不理这帮小孩子了。

三

半大的小猪就可以进圈喂养了，从进圈第一天的第一顿餐开始，我们按父母的教导，给小猪立规矩。我们当然希望，把小猪既当玩具又当玩伴的日子，尽可能长地延续，但是大人说：半大的小猪不能总在外面瞎跑，就跟我们这些小娃到了上学的年龄，要去学校学文化，不能总在外面撒野一样。

猪圈本来有两个单间，因为猪毕竟还小，即使养两头小猪，也得先让一间空在那儿。两只小猪养在一起，一个槽里喂食，方便；而且，两只小猪不孤单，一起抢食吃、倚靠在一起睡，长得快。这是祖辈的经验。

猪圈里宽阔的食槽，比两只小猪的身长加起来，还长一点儿。我们要给小猪立的规矩是：用餐各就各位。谁在左边谁在右边没关系，但是不得歪着身子霸着食槽，影响同伴用餐，更加不可吃得一时情急，就一只脚或一双脚踏进食槽里去，还要防止两头猪凑到一处抢食的时候，脾气大的用嘴筒突然戳同伴，想轰走同伴自己吃独食——那样的话，立在猪圈边的细小且韧性十足的桑树棍儿，就会被我们握在手中，打到它的屁股上或者嘴筒上。大人告诉我们：猪嘛，牲口，脸厚皮厚，不听话尽管使劲打，伤不到它。我们不忍心打，往往代之以大声数落和责备，希望它明白我们的良苦用心，乖乖听我们的话。

这样一来，我们很快就欣赏到，食槽前两只小猪并排着，在那儿吧唧吧唧地进食，还伴着间隔不断的来自它们喉咙里的愉悦而平静的“哼哼”声。画面一派和谐友好。

眼看汤汤水水吃饱喝足，食槽中所剩无几，关键时刻到了。它们从开始用餐，到上大号小号，通常不到一刻钟。眼见小猪吃得肚皮圆滚滚，离开食槽游走，我们的神经开始高度紧张——食槽周边和它们就寝的区域，绝不容许它们“撒野”，一旦发现苗头，我们举起桑树棍儿快打、快赶，赶到指定区域，嘴里还要很凶地对它们喊着：哪里哪里是你们吃饭的地方，不许拉屎撒尿；哪里哪里是你们睡觉的地方，不可以干嘛干嘛……

我不知道有没有人研究过猪身上的自洁功能。试想人一年到头不洗脸、不洗头、不洗澡，身上会脏成啥样？猪从来不洗，可皮毛照样油光闪亮。它们的小脑袋瓜我们闲着没事就伸手摸摸，它们的肚皮和脊背我们也经常用手掌轻轻摩挲。为了它们的“家”，我们经常打扫并保持干净舒适，而且没什么臭味，一旦发现它们在“禁区”撒野，我们就拿桑树棍儿教训它们，目的只有一个，让它们记住：那片石板之间缝隙开阔的区域，才是它们拉屎撒尿的地方。

吃喝拉撒都教了，剩下一个睡。只要发现它们没睡在就寝区域，我们就翻进猪圈去赶，把它们都赶过去。好习惯终身受益，人如此，猪也是一样。赶到地方之后，使出高效催睡的绝招：伸出手指头，帮它们挠背、挠肚皮，尤其挠前胛缝，不消几下，它们的骨头就酥了，腿一曲，轻轻哼哼着在你脚边半卧下来，继续再挠几下，整个身子懒懒地全卧下了。这时我们就可以从猪圈撤走了。

有只小猪还不太有睡意，睁开眼，看我们翻越猪圈的矫健身姿，便抬起头哼哼，脑袋东晃一下西晃一下，好像在探问：嘿嘿，小主人，你们这是要撤啦？然后两条腿开始动，眼看半个身子起来了，我们中的一个人冲着它大吼："给我睡下！睡——下——！不许乱跑啦！……"飞速把桑树棍儿举起，一端凑近这只调皮小猪的鼻子，指指点点威胁恐吓："还敢起来瞎跑，看我不打你！"小猪哼哼，鼻翼翕动，冲着那根桑树棍儿嗅嗅，另两条腿最终没有站起来。像是听懂了威胁恐吓，又像是在试探小主人棍子上有没有送什么好吃的给它。看它那熊孩子般的萌样儿，我们禁不住笑出声来。

这一笑，轮番上阵给小猪立规矩的辛苦，便烟消云散了。第二天，吃喝拉撒睡，规矩继续强化，偶尔需要桑树棍儿纠错。第三天基本没啥错可纠了。哪儿吃哪儿撒哪儿睡，条条过关。它们都成了文明社会的"文明猪"，除了吃睡，无聊地张开嘴，咬咬猪圈围栏磨磨牙，或者鼻子触到地面，东嗅嗅西嗅嗅来回走步，不再是动不动拱了邻居家白菜的"讨厌猪"，为我们家睦邻友好关系的修复，做出了不可磨灭的贡献。

二十世纪八十年代初，改革的春风，已经深深吹入西南腹地，母亲开始外出打工挣钱。照顾好猪圈里两头大猪的艰巨任务就全落到我和妹妹身上。

春夏季的猪食，一半靠我们打猪草解决。坡上田埂上、河边池塘边、竹林下，许多植物虽然不知道名字，但只要叶子比较宽阔、光滑无毛刺的野草、野菜，基本上都可以当猪草采回来。

秋冬季的猪食明显比春夏季野菜为主的猪食要好得多。秋天，红苕藤长满丘陵，准备猪食不难。放学后我背一个大背篼，妹妹背一个小背篼，各拿一把镰刀，下地弯腰割上一气，顺带让红苕藤疏朗些，这样红苕产量也更高。

红苕又称红薯，到了冬天，红苕藤早没了，红苕已经收回家存放。在杂交水稻传到丘陵腹地之前，红薯就是乡民的粮食。只有削下来的红薯皮和少量小个儿的红薯，才轮得到小猪享用。但远远不够满足小猪的喂养，不能不说，我们老实沉默的父亲，是颇有一些先见之明的。

每年立秋过后，他都会带着我们种上一大片的牛皮菜。在那些落着冷雨的冬日黄昏，天黑得很快，我们姐弟三人一起出动，来到牛皮菜地里。这种蔬菜生长较快，茎厚实叶片也厚实，不多工夫就能采满大半背篼。回家把菜叶切了，配上小红薯、红薯皮、米糠之类，煮上一大锅，晚饭和第二天的午餐就备下了。到临近年底的一两个月，父亲还会背了玉米粒儿去打成面，让我们每天舀一碗玉米面混到煮至半熟的猪食里去。他说这是给猪增肥。

冬天的猪食在锅里煮熟，会散发出甜香的气息。圆柱形和纺锤形的小红薯从各种混杂的食料中露出来，不但好看，囫囵个儿煮熟的红薯还特别甜，我们总是禁不住那份甜香的诱惑，将锅铲一伸，捞一两个出来，将皮撕掉就往嘴巴里塞。难怪它们吃得香，这样的美食，连主人都馋涎。假如没有隔着一道墙壁，被它们瞧见，它们会不会急得双腿一跨，飞身跨出围栏来维权？

我们还会时不时地打开猪圈的门望望它们。它们要么低着头在土墙基石与猪圈石板接缝的地方杵来杵去，要么仰着头张开嘴咬着围栏混时光。我们叹息着失去自由的猪，关上门转身离开。这叹息里，包含了几许我们失去玩伴的孤单与寂寥。

进了家门的小白猪小黑猪，不管它脸方不方、嘴长不长、额宽不宽、有没有皱纹、耳朵大不大下垂不下垂，我们一样喜欢，因为它们小，小得那样天真烂漫，小得让我们牵肠挂肚。被养成一头大猪后，情况会有少许微妙的变化。那腹部下垂不明显，背腰平直、四肢粗壮端正的，显然比腹部下垂得厉害、肩还有点斜向前的，具备更优美的体型。在颜色上，一身亮色皮毛的大白猪则更受青睐。大概孩童之心，腻烦于每天在暗沉的屋宇下过着暗沉的生活，那裹着一身滞重黑色的大黑猪，便不那么讨喜。再者，大白猪身上，有没有脏处或者污物，一目了然。看到它一身干净清爽，隔着围栏哼哼着跟你热情打招呼，仰起头那样看你，一点儿都不笨重，即便灶房里的锅烧热了正等你炒菜，你也会忍不住忙中偷闲，隔着围栏把手伸进去，摸摸它的头捏捏它的耳朵，以示友好。

与这生灵在一个屋檐下相伴，我时时感动于我们可以用一双手给它带去它需要的食物；感动于自己凝望它时，它轻声哼哼着，抬起头美丽的眼睛看向我；感动于自己试图把手伸进围栏空隙去抚摸它时，它总是很配合地抬起它硬邦邦的头颅，仿佛知道它的小主人，小胳膊不够长……

四

在我上小学六年级的时候，父母彻底分道扬镳。冬雨纷纷，夜幕降临，当我们披着旧蓑衣戴着破斗笠，在空旷寂寞的野外脚冻手僵地为猪准备食物的时候，再也不必奢望，母亲会突然从某个不可知的远方赶回家，帮我们一起摘菜。

秋冬时节阴雨缠绵，大人小孩多数时间被困在家里。弟弟待不住，去了邻院找那些大男孩们玩儿。父亲在他的卧室里独自裹叶子烟抽，大半天不会跟我们说一句话。我和妹妹把一面圆镜立在堂屋的八仙桌上，对着镜子相互给对方梳头发、编辫子。因为平时上学匆忙，我们都用两根橡皮筋把头发扎成双马尾辫了事。

我对捯饬头发的耐心和兴趣持续不了几分钟，绝大多数时间是妹妹两只手在我的头发上忙来忙去。闲得没事了，妹妹开始倒腾她的头发，编单辫子，编双辫子，编许多根细细的小辫子，或者照哪部电视剧女主角的发型，把自己的头发梳来理去。仅仅在自个儿身上捯饬，多半是过不了瘾的，我就成了她的发型模特。我当然也乐于她在我头上做试验，梳各种各样的发型。她手轻，用什么力道拉头发，早有经验了，就像有人在轻轻给我按摩头皮，我闭上眼睛慢慢享受，如果手上再能有一本连环画之类的书，翻一翻打发时光，那就再美不过了。

那天妹妹第 N 次帮我梳《射雕英雄传》里黄蓉那样的发型，我坚持我的脸形跟她不一样，梳成那样不好看；妹妹也坚持，认为我那样梳很好看。

突然，我听到猪圈里有声响。心想：猪也会无聊，都不想躺下睡觉。

我离开堂屋，去看猪。小白猪已经长成大白猪，没有肥硕的大肚子，健壮的样子很讨人喜欢。小主人在它眼中一定越来越小，因为它越长越高大了。大白猪站在食槽前，看看我，低缓地哼哼两声，很绅士地抬头把长嘴筒朝我扬了两下。我转回身，到灶房墙角，从背篼里抓了一把红薯藤，从围栏空隙一根一根递进去喂它。一边喂它吃，听它嚼出清脆的嚓嚓声，一边禁不住伸出手，摸摸它的头和长而滑顺的颈毛，跟它絮叨：“这雨天，你也觉得很无聊吧？”

大白猪背部略微下凹，曲线很好看，我很想摸摸，但是我在猪圈外，任凭怎样伸长手臂也够不到。

妹妹兴冲冲跑过来，边跑边问：“姐姐，猪儿在做啥子？你跟猪儿说啥？”看清我在干什么了，她立马又说，“来来来，我也来一根红薯藤喂喂它！”

她刚在我身边站定，话还没说完，只见猪圈里的猪对着我手中的红薯藤用力地咬了一口之后，便猛地一摆头，白色身影突然跳起来，一下从食槽这边蹦到了对面，没停顿几秒，前面两只蹄子又一跃，蹦到它睡觉那一面的墙根下。它一边完成这些腾挪跳跃的动作，一边喉咙里发出呼噜的响声。对这一连串动作，长年养猪的人一点儿也不奇怪，然而这么健壮的一头大猪还发少年狂，却着实让我们姐妹俩一时间看傻了眼。我们傻了几秒钟，猪也像被施了定身法，在那儿定了几秒钟后，又各自恢复元神。

“发狂”，这个词汇在我们家乡是专门用在牲口身上的，成年人偶尔取笑欢快跑跳的人也会用一下，意思相当于撒欢儿。我们附近的乡邻说它时，发音却是“发 guàng（第四声，音逛）”。大概是词汇传播到僻远丘陵腹地，口口相传中字音发生了改变。

我们又惊又喜，念叨着猪儿一定吃得开心，长这么大还在圈上发狂。妹妹更是急于从我手上抽出红薯藤，伸进围栏逗引猪儿过来吃，嘴里絮絮不止：“来来乖猪儿，快过来！本小姐也亲自喂你吃！多吃点儿，快点儿长哈，长壮点儿哈……”听得我忍俊不禁。

才喂完一根红薯藤，妹妹就有新主意了：“姐你继续喂吧，我想给猪梳辫子去，你看它毛那么好看……”说时迟那时快，一转身回堂屋拿了橡皮筋，接着就翻进猪圈里去了。大白猪忙着吃红薯藤，只哼哼两声偏转了一下头，任随小主人在它身上捯饬。

看着猪圈里的一头大白猪一个小女孩，我竟然走了神，眼前浮现出一个母亲在给一个小女孩扎头发，那小女孩一会儿是妹妹，一会儿又变成我……母亲给我们扎头发的情景是这样吗？我都记不起来了。母亲的身影仿佛又闪过眼前。我又去取了一把红薯藤，放进食槽里，然后也翻身进了猪圈。

大白猪哼哼着转过头，冲着我嗅了几下，继续低头嚼红薯藤。我摸摸它的头，摸摸它的背，捏捏它的耳朵，把脸贴到它的肚子上，那温热的感觉叫人不舍得把脸移开。

正在这时，邻院的表婶带她女儿一起，上门询问我父亲关于农具的事，听见我们姐妹在猪圈里说话，三人都走了过来。

邻家女孩一脸羡慕：“嗨，你们两姊妹还好耍哎，又跑到猪圈里头……”

她妈妈笑不可支，转头对父亲说：“你们家娃儿，怎么那么喜欢爬到臭烘烘的猪圈里头，去跟猪一起耍唉？！呵呵……”

父亲有些尴尬地说：“哪个晓得她们的！还要跟猪说话哩！猪听得懂人话吗？猪又不懂感情……”

妹妹冲着母女二人调皮地笑笑，回她们：“就是好耍呀，你们要不要来耍哈嘛。”

我只跟着妹妹笑笑。我不知道我的笑里，有什么。

“猪不懂感情”，谁又懂感情呢？

大白猪的颈毛、背毛确实长，但是扎辫子却显短，不好扎，妹妹却已经在它脊背一侧编好两根兔尾巴辫。也亏她有这耐心。一头颇为超群脱俗的俊秀的白猪，被这兔尾巴辫衬得……我心里直想对妹妹说：你还是别给它扎辫子了，你这样打扮它，越打扮越丑了。但笑了笑还是忍住了。这漫长无聊的雨天，有自己喜欢的方式打发时光，多好啊。我开始跟她一起给猪编小辫。

这又让我想起了前两年，我们把发卡别在猪的头上，把摘去红薯叶的茎掐成翡翠项链戴在猪的耳朵上……

五

我们家请人来杀年猪，往往比别人家晚，通常要到临近过年的那几天。父亲说，这是为了让它多吃几天催肥的粮食。对此，我们姐弟的心情就不尽一致了。

到了这一天，一向贪睡的三个娃，大清早，自个儿就起来了，省了父亲惯常的催喊。“杀过年猪啦。”这可是村子里每家每户一年一度的大事。这天，奶奶即便没轮到在我家吃住，也会过来帮忙。在我们那穷乡僻壤，尤其对于我们这样穷困之家的孩子，一年到头，只有过年期间能在自家或亲戚家美美地吃上几顿回锅肉，这该是对年最大的向往了。味蕾对回锅肉的最早记忆，是很难追究起始时间的。不过有一点是肯定的，那时我们家乡过年，回锅肉几乎是唯一的一道荤菜。它第一次在味蕾上刻下难以磨灭的美好印象时，我们幼小的大脑，还并不清楚，这美味跟地上摇头晃脑摆尾巴的四蹄动物之间，有怎样的关联。每次憧憬起回锅肉的美味，我们的腮帮便涌起一拨又一拨口水，饥饿的肚子会发出强烈的抗议。但这个并不影响我们一直以来对这种四蹄动物的喜爱和亲近。

两种情感，在各自平行的跑道上，没有交集可言。

好多个年关，养大养肥的猪被送到集市上换钱用，一根猪毛都没留下。这样的穷年总算过去了，我跟家人一样，心底也有隐隐的兴奋。但是还有别种情绪，雾蒙蒙地笼着。

作为大姐，我最先起床。起床第一件事，到猪圈看猪。

猪好像一无所知，大概也是一觉刚睡醒，抬起头朝我轻轻哼哼，迈着沉甸甸的步伐，转向食槽来。它脑子里这么想着，赶快去食槽里探查一下，好心的小主人大概又给自己带来了一番美味。

善良的小主人却立在圈前，安静地看着它不说话，不唤它也不伸手逗引它。前天，父亲就说，明天你们姊妹三个，不用打猪草煮猪食了。

一整天不给它吃，哪忍得下心？我当即在内心表示了抗拒。

第二天午后，瞅准了父亲去田间的时光，我和妹妹溜去自家菜地，小偷一样挑了一些宽宽大大、绿得好看的青菜叶、大白菜叶，和平常捡来煮熟了再喂食的泛黄的那种绝不相同。我们无限怜惜地，一片一片菜叶捏在手里，送到猪嘴边，喂给它吃。习惯了看它低头吧唧吧唧一口口溅着汤水进食，看它自在地摆尾巴；也习惯了听它一边进食，一边有规律地从喉咙里发出安宁平和的哼哼声。这声响这画面，让人觉得五脏六腑每个角落都那么柔软。我喜欢沉浸在这份感动里。

想把每片菜叶都亲自喂给猪吃完，但是还有家务和农活儿没有做完，只好把剩下的菜叶，小心放在食槽中距离嘴筒最近的位置——生怕它看不见，一步步后退着，出了猪圈。

而今天，我只能看着它长长的嘴筒在空空的食槽里杵几下，嗅不到一丝食物的气息，继而抬起头朝着我轻哼两声。此刻，它如何理解得了小主人的心情？等了片刻，它见主人僵立在那里，像砌猪圈的石柱，对它不加理睬，心下大概有些失落，慢慢转身，朝自个儿睡觉的地方挪步。

……

父亲卸下两根栏杆，大白猪终于走出猪圈，踏上它奔赴天国的远行路。留下奶奶独自在灶房忙，我和妹妹钻进卧室里躲起来，不忍看到它的结局。在几个大人的吆喝声中，它凄惶地被赶着，经过灶房和堂屋，一步，一步，走向院坝边上早已为它设下的刑场。

赶猪的声音传出了堂屋，我和妹妹开始把食指塞进耳孔，其余手指握成拳头，紧紧盖住耳朵，捂得耳朵里面打雷一般轰轰作响，只为确保听不出它的哀嚎。时间仿佛停止，不再向前走。我们捂了好久好久，肩和臂都酸了。直到从门缝里看到，有人再次走进灶房，说“好了”。几百个日子，一段忧伤又美丽的陪伴成为回不到的过去。

我和妹妹无声无息出来，只待在灶房，跟奶奶一起做事情。连被父亲吩咐去堂屋拿件东西，我们都是不大乐意的，因为害怕眼角的余光一不小心就瞟到院坝里。

一个时辰后，院坝里再也没有它可怜的或可爱的模样。它已经成为手艺娴熟的匠人、帮忙的亲戚和乡邻，以及父亲喜笑颜开谈论着的、和弟弟振奋的眼神里渴求着的，另一种存在形式。

我悄悄走进猪圈屋，似乎还能见到皮毛泛光、纯白滚圆的娇憨模样正在蹦跳撒欢儿。

定目细视，幻觉消失。空荡安静的猪圈，一道透过亮瓦的白亮光影落在干净、干燥的石板上。我抚过无数次的油光水滑的脊背和高高扬起、翕动着鼻翼喷着股股热气殷切来迎我的长嘴筒、扑闪美丽的大眼睛、一对大大的招风耳，全没了，也没了那让人心生安宁的哼哼声。只有，干净干燥的食槽和石板，还有将我隔挡在外、比我还寂寞的猪圈围栏。

我们所喜爱的、能快乐相伴的可爱的生命，温顺的生灵，它怎么可能是不懂感情的呢？为什么它的命就只能那么短暂？

是谁，在掌控着一头猪的命，一粒草芥的命？泥墙和屋顶外的世界如此广漠，只留给我孤独和茫然。

忽然想起那头来到我们家两个月左右便夭折的小黑猪。我们一样的喂它吃，陪它玩，喜欢它。它长成半大小猪后，刚上圈里没几天，渐渐地食欲不佳，后来干脆只把嘴往食槽的汤水中杵一下，就抬起头，拿眼睛瞅瞅我们，转身走开。父亲把它从猪圈放出来，让它重新回到灶门前的草堆里睡。以为又可以跟它亲近了，我们欣喜了一阵。它却还是精神萎靡，趴在草堆里似睡非睡。我们看不出它身上有什么异样，只是歉疚自己没照顾好它。妹妹叽叽喳喳问父亲，猪到底怎么啦？它生病了吗？

父亲不说话，查看一番，又观察了好一阵，中午时分，他拿了一把尖刀蹲到小黑猪跟前。这工具，让我瞬间心惊肉跳。我听说过给病猪用放血疗法的事，也在别人家见过一回，但看到父亲拿刀走向小黑猪还是心跳加剧，尤其心痛这头已经生病的可怜小猪，还得接受这种剧痛的治疗。我们父子四人围着小猪。父亲用尖刀在小黑猪耳朵背面割了一下，它尖叫站起身，我们抱住它，挠挠它肚皮，皱着眉看见它耳朵背面渗出血来。在我们的协助下，父亲又刺破它的耳尖和尾尖。没人说话，话最多的妹妹也不吱声。他们应该跟我一样，在向上天祈祷小猪从这一刻重新健康活泼起来。

一个下午和晚上，小黑猪似乎没有明显改变。第二天，逢赶集日，又逢休息日。父亲拿出绳子给小猪系上，喊我和弟弟牵上小猪跟他一起赶集。入夏了，没多少阳光，天闷热。我们懵懂地跟在父亲身后走，小猪被我们轮流牵着，走得有些不情不愿，偶尔发出一两声哼哼声。父亲把我们领到买卖牲口的市场，找个空位站住。站了一会儿，他说有事要办，离开一阵，让我们姐弟继续守在那里。我和弟弟终于完全明白了父亲的意思，心酸无奈地蹲下身来，摸了摸趴在地上的小猪油黑的皮毛，听到它哼哼两声像是回应。

我和弟弟像两个木偶站在那里。不久弟弟耐不住寂寞逛街去了，就剩我一个人。如芒在背如坐针毡的一两个时辰过去，这当中父亲和弟弟一前一后回到了我跟小猪身边，其间有人问过小猪的卖价，拿过我手中的绳子牵起小猪原地走了走，却最终没有将它买去。我不知，这结果是不是受了我不想让它被买走的强大磁场的干扰。中午回家的路上，开始一段路我明明感觉到它在欢跑。其余大部分路程也是小黑猪牵着我，走在我前面，时不时哼一声。大马路走了一公里多，该下马路走进村的石板路了，是它在前领我走下马路的。我顿时欣喜若狂，喊了声："它认得路！"弟弟随口哲人一般冒出一句："所以骂人不要说'蠢猪'。它聪明得很！"

我欣喜地预计着它恢复的日子，可是进门后，它趴下就再没站起来。虽然病了，可是它用尽了气力，让自己永远留在了主人家里。第二天早上我触到它冷硬的身躯，蓦然心沉如铁。父亲在一旁为自己运气不好，折了一大笔钱反复叹息。

从那以后，印象中，总有一头健壮的小黑猪欢跑在故乡回家的路上，某个时候它会到家，站在食槽跟前，把嘴扎进汤水里，吃得汤水四溅，吧唧作响。

仲春鲜妍次第开

若非那几棵玉兰花开，竟不会觉出一个春天正在身外的世界盎然蓬勃。

北楼下的绿化带里，每次开车进出都会见到那株细瘦苗条的白玉兰，灰苍苍的枝干上前天还含苞待放的花骨朵，忽然间都已开得盈润饱满。洁白无瑕的花朵在春风微雨或阳光下悠悠颤动，即使仙女的白色裙裾也不会比它们更让人感受到圣洁带来的美丽震撼。难怪屈原会吟出“朝饮木兰之坠露兮，夕餐秋菊之落英”以示其品格的高洁。第一次发现，白玉兰竟还有如此个性：刚开放的两三天，在阳光照耀下它会尽情尽兴地绽放纯白的美态，一早一晚间却无限珍惜地收拢它娇嫩的花瓣，像未开时一样静静地回归那个精致无比的小铃铛的可爱模样。

就在这株白玉兰如莲般尽情绽放的时刻，护卫于它左右两侧的四株紫玉兰也开始了它们的花期。这些玉兰跟它们的邻居紫荆、广玉兰、香樟一样都是这个新建小区里的年轻居民，刚迎来第二度花开。紫玉兰的枝杈更多，尖尖的紫红芽孢像紫红色的小火苗点燃在灰白的枝杈上，然后渐变如紫红的秋葵形状，很快靠树梢的骨朵率先一步丰满圆润到张开花瓣，开始了满树淡粉红色的缤纷热烈、幽姿淑态。终于白玉兰纯白的雅致与紫玉兰淡粉紫红的艳丽相映成趣，摄走了看花人的迷醉战栗的心魂。

不知道从何时起，不再青涩的我，见到心动的花树就情不自禁想要采摘下一截姣美的花枝来，轻抚它的身姿，近嗅它的芬芳，然后将它禁锢于自家小屋，以此来表达对它强烈的爱恋。稍纵即逝的光阴让楼下有更多的玉兰花开在岁月的春风里，我近观过它们素净或妖艳的颜色，抚摸过它们清凉的花瓣，满心欢喜地用镜头无数次地为它们记录这场华丽优雅的生命大戏。不管是高踞树尖可以跟阳光挑逗跟清风细语的，还是矮卧在灰白树干中下部默无声息的，我都相遇了它们惊世骇俗、不染一丝尘埃的美丽，也见证了它们在最适合自己的位置上执着而热烈地绽放。

更多时候我在楼台上凝视它们圣洁而热烈的容颜，回想在漫长严冬里它是如何在风雪冰冻中孤单直立；寒冬刚去，那光秃秃看似枯干的枝丫，是用了如何温润柔软的一颗心，才幻化出丝绸质地、闪耀圣洁光泽的美好花瓣来？久久地凝视它们，不知它们的圣洁与热烈的灵魂是否能为我所吸附，成为我心魂的一部分？让我亦可于红尘中平静地历尽严冬、走过污浊，干干净净度过一生？

“最是人间留不住，朱颜辞镜花辞树。”北楼下的白玉兰花期将尽，树下已飘落几片花瓣，而它身边的紫玉兰在最后无尽风光的时刻正热烈绽放。同白玉兰紫玉兰一样敢于在料峭春寒中，于坚硬冰凉赤裸的枝干间，鬼斧神工一般开出温暖花朵来的，还有梨树、桃树、杏树、紫荆等等，它们书写了春天里最美的神话。

到初夏时，那一棵棵绿叶葱茏的广玉兰树（又叫洋玉兰）上也会盛开绚丽的花朵，那花叶相扶、色彩相谐、明暗相衬的美景亦可引人驻足流连。不同于白玉兰紫玉兰在冬天的寒意未退时，没有叶子的温柔叮咛没有绿荫的疼爱庇护，只在光秃秃的坚硬枝干孤傲绽放，广玉兰缺失了直击命运的勇气。

一棵在空旷的枝头开花的树，从繁花似锦到落叶凋零，都历经一次生命的轮回，辉煌黯淡、快乐忧伤、幸福痛苦。相比于人的一世辉煌黯淡、苦乐忧伤，树的一生，何其丰富，何其丰厚？

人若可以做空旷枝头开花的树，平静走过四季轮回的每一遭繁华与落寞，生命将何其充实，灵魂将何其丰盈与厚重？这样的生命也该是足以幻化出各样神奇的，春天里最美的神话。

（原载《文汇报》2015 年 4 月 26 日“笔会”）

母亲的沙家浜

去沙家浜之前，我犹豫了好几天。住在小城西端的我，始终没敢告诉住在小城东头的母亲，她可以趁此机会和我一起到沙家浜看看，感受自少年时期就根植进灵魂的梦想和期望。清早，我独自打着伞，迎着哗啦啦的大雨，出了门。阻止我邀请母亲的，不仅仅是纵贯通宵的大雨，还有别的难以用一句话说清楚的原因。

母亲的青春年华，是唱着京剧《沙家浜》的经典选段走过来的。

《沙家浜》这部剧传播到川东丘陵时，母亲正值十六七岁的花样年华，她身段好，嗓音美，不怯场，热情大方，自然被挑选进宣传队，成为队里的台柱子，专唱《沙家浜》《白毛女》等剧的选段。别人在乡村里唱唱也就罢了，她却风光热闹地从生产队唱到大队，再唱到公社，唱到县里。

一个从没有见过世面的农村姑娘，能在越来越大的舞台上，受到台下如同潮水般掌声的肯定，使她更阳光自信、出类拔萃了。

唱着唱着，剧中人和唱词深深影响了她。她只有小学二年级文化，唱戏练就了她十里八乡少有的好口才，几近出口成章。她敢说敢闯，走起路来昂首快步，为人处世风风火火，内心里的是非善恶爱恨异常分明。打我记事以来，不管她跟我父亲吵架，还是平时跟人聊天，她话语里的用词用句都很精准生动，什么“察言观色”“旁敲侧击”“不卑不亢”“不阴不阳”“鬼心肠”“耍花腔”等等，成串的固定词，机关枪似的蹦出来。

唱着唱着，她便成为乡村的异数。同龄人身段比不过她，嗓音比不过她，口才比不过她，为人处世的泼辣劲也比不过她。一个做干部的本家亲戚有意推荐，给她去大城市里做工人的机会，我的外婆却果断拒绝了对方的好意。外婆腿染疾患、行走不似正常人方便，曾经历过两个孩子的夭折。贫穷对于她似乎并不那么可怕，她更害怕唯一长大成人的女儿，一钻进城里就像鸟儿飞上天一样，当娘的再怎么踮着脚尖，也望不到影儿。那时的农村，天空是那样低矮，视线都被眼前的丘陵遮挡，外婆跟无数本分的农民一样，认为一个农民就该好好种地，一个农村女子就该安守本分，好好待在家里相夫教子、含辛茹苦一辈子。

女人找一个好的婆家比啥都强，长辈们牵线搭桥给她找了个沉默胆小、固执得像石头一样的我父亲。父亲家也是一贫如洗，为了装点门面，相亲那天我奶奶向邻居借了几十斤红薯装进大柜……外婆回去之后就进行思想动员：“看见了吧，过几天，咱们家都快找不出可以下锅的东西了，可是他们那边呢，这时节，还有一大堆红薯当存粮！嫁过去，怎么说，不会饿肚子！”

也许个性强硬的母亲，至今未意识到，起初她坚决不应允的这桩婚姻最终能成，大约正是源自阿庆嫂的自信推动了年轻气盛的她。阿庆嫂在那样艰难的情况下，都能跟敌人斗智斗勇最终取得胜利，她凭着从生产队一直唱到县城的本事，大抵也能把父亲改造成能说会道的人，把一个一穷二白的家带上幸福的康庄大道。

可惜她不是阿庆嫂，父亲不是胡传魁，我家那片地也不是沙家浜。事实上，等待她的不是父亲被改造成她想要的样子，而是一个缺少夫妻和谐互动的家，也不可能走上康庄大道。

当她终于发现，争吵打骂成为家常便饭，“改造”父亲也没有一点儿成功希望的时候，她便决定离开。那时候他们已在嫁鸡随鸡嫁狗随狗的时代，完成了三个孩子的生育。三个孩子成了他们旷日持久离婚战争的唯一争夺目标，双方都不愿意放弃。我父亲不放弃，因为“妻离子不散”的传统思想，我母亲不放弃的原因则是，她坚决肯定地认为父亲不会供我们读书、也不会教育孩子。

那时候乡村管民政的干部也非常有意思：谁主动提出离婚，谁便放弃孩子的抚养权，除此之外，什么事情都好讲。外面若干赚钱的机会，促使母亲一年之后做出艰难的决定：离，等我挣到了钱再回来跟那个人争孩子。

离婚之后，母亲确实挣到过不少钱，但差不多每一次都似乎把自己恍惚成阿庆嫂而兵败滑铁卢。一开始母亲在外省担任一家钢丸厂的厂长，生意很红火。两年后，带着挣下的家业，转回老家县城开饭店，租房、装修、请大厨，有模有样。孰知饭店这行从买菜就得精打细算，更不能图豪气，不计成本大盘子大碗，何况每天还有那么多损耗。像她这么爽快的人，能坚持到一年半之后才关张，已经算得上奇迹了。

经营不好饭店，感觉自己的强项还是去外地承包钢丸厂，于是她又带上些亲戚朋友，一起出去发财。这回她发财的根据地离我们更远，离国境线只一两百公里。钢丸厂依旧是赚钱的，她依旧自任厂长，大小事务她说了算。

有一天，被她委以重任的亲戚，因工作跟她起了矛盾，心生怨气，私自卖出工厂产品，让她知道了，顿感规矩不严难成方圆，自家亲戚都管不了，还怎么管理其他工人，面子也无处搁放。盛怒之下她没有把亲戚喊到屋子里轻言细语好好沟通，而是在大庭广众之下甩了人家一个响亮的耳光，还不解气，把阿庆嫂想骂而没有骂出口的话，都骂了。第二天，亲戚走了，同时打包带走了其他工人，去了附近另一家钢丸厂。

工厂办不成，于是她打算卖饲料。别人是卖多少，进多少货。她呢，总是感觉人家会像她一样，特别讲义气，就一次性进了一车皮货，五六十吨。积压资金不说，不久就发现质量问题，在库房里放了十多天就开始发霉。她去跟生产企业交涉，发现那个乡镇企业已经垮了。

这一次彻底赔干净之后，就只能在街头摆一个小小的水果摊了。当时，摆水果摊的本钱还是跟关系好的姐妹借的。这期间她还试图做大买卖，把云南的铁矿石贩到河南，人家给她的样本含铁量高，而给她的所谓矿石含铁量只有样本的零头，十几个车皮，运抵河南之后，卖也卖不出去，堆又没地方堆……只读到小学二年级的她，终于发现做生意不只是“投机倒把”，还必须有文化知识，否则拿着两个一模一样的石头，从头到尾理解不了什么是“含量”。这倒更加坚定了她要让子女把书读好的决心。

作为她的孩子，在跟她一起生活的短暂时光中，能时常听到她跟她的姐妹们讲阿庆嫂的故事，平时心情好了一边忙手上的活儿，一边断断续续地唱：“垒起七星灶，铜壶煮三江。摆开八仙桌，招待十六方……”有一回，父亲见她谈兴正浓，斗胆从旁揶揄：“又是阿庆嫂。阿庆嫂像是你们家亲戚……”母亲扫他一眼，“哼”了一声说：“要是我生在沙家浜，我生在她那个年代，保不准我比她厉害！”那时，虽然不知道阿庆嫂长什么模样，但在我心里觉得她应该和母亲是一样的。

在她的三个孩子中，我是有幸亲睹亲闻过她完整演唱《沙家浜》中《智斗》选场的一个。这事发生在她生意还过得去的时候。她有了钱之后，果然“卷土重来”，要带走我们姊妹仨，可我爸的“防卫”工作做得也是很到位的，她没有一点儿机会。我是被她“偷”过去养了两年的。那天是初一期末结业典礼，她在镇中学大门口截住我，然后径直带我去了她做承包的外省城市。那是我在青春少年时代唯一锦衣玉食的两年。

一个下午我在隔壁房间写作业，隔着虚掩的房门，能听见她跟县城里新认识的几个戏曲爱好者谈天说地。平时母亲除了偶尔唱那个年代家喻户晓的几个著名京剧选段，她有时也特别喜欢唱黄梅戏。他们从黄梅戏说到京剧，从《天仙配》说到《女驸马》，从孟姜女说到白毛女。说到《沙家浜》、阿庆嫂，几个人兴致尤其高。但一提议真刀真枪来一段《智斗》，她的朋友们就一个个摆手，说自个儿唱不好或者不会唱。为了不负朋友们一腔热情，我妈爽气又干脆地说，她一个人来三角儿，连刁德一、胡司令一起唱得了。一听她如此高调，顿时我的作业写不下去，身下的凳子也坐不住了。她高亢的演唱才到第二句，我就忍不住起身，蹑手蹑脚到门边偷瞧。她的朋友们坐在沙发上，除了专注地看着她，有时还附带着哼哼小声跟唱，或者配合着唱词打节拍，做手势。

母亲立在沙发前，在她脸上一丁点儿紧张和怯场的神色都没找见，反倒是面部表情随着唱词在流转和变化。适当的时候，她还加入了戏中的动作手势。她把阿庆嫂的唱词，唱得那样壮阔豪迈，我好像被引到沙家浜，被带进春来茶馆……我的鞋底似乎生了根，忘记了早些溜回到书桌跟前，务自己的正业去。

我那时候就想，沙家浜到底是什么样子，让母亲的一颦一笑，活脱脱变成一个阿庆嫂？将来有机会，一定要去看看，看看沙家浜的阿庆嫂究竟靠什么节节胜利，而我母亲这个现实版的阿庆嫂为什么总走在一个背字上。

在磕磕绊绊中，我上了高中念完大学；在凄惶无助中，我求职到远离故乡几千公里的地方；在懵懂迷惘中，我结婚生子；在相互碰撞磨合中，我跟丈夫走过了二十多年岁月，我的母亲也在57岁年纪以老年赡养的名义，将她二十余年漂泊游走的户籍落定在我家中。生活的磨砺、岁月的敲打、现实的冲击，让我渐渐明白，我至诚至敬的母亲，其实是那化蝶不成、卡在半路上的阿庆嫂。

她学到了阿庆嫂的疾恶如仇、敢作敢当，学到了阿庆嫂“刚性”的一面，她年轻生命中的几十年，却一直没能学到阿庆嫂“柔性”的一面和游刃有余的一面。“好人就是好，坏人就是坏”，她脑中这个坚固的思想堡垒，经过漫长岁月的剥蚀，才渐渐裂开丝丝缝隙。

面对敌人的强悍，阿庆嫂首先想到保存实力。敌进我退，敌退我进，她采用迂回的方式，总之不跟对方硬碰硬。她的思虑，总是睿智而辽远。我的母亲，气性很大，认定要做的事情，八头牛都拉不回。与家人的纠葛，生意场上的纠纷，生活上与人的争执，只要她是占理的一方，或者她觉得自己是占理的一方，不管对方是哪样性格脾气，她都要理直气壮，一条直线地奔过去，轰轰烈烈地让对方承认自己的理亏或者错误。不管对方是权力场中人，还是富裕多金可以呼风唤雨之人，她都直指要害，将对方的错误昭然于天下，唯其如此，她才觉得不违背世间的公理和正义。她满腔的怨气、怒火、不平，也只有在这条道上寻求到一些消减和平复。这样一来，也许问题能解决，也许并不能解决，但结果也到了再无回环的余地。

当长大成人的我们，有时能够打着比方，理性地帮她做些分析：你看阿庆嫂，当刁德一怀疑她跟新四军有密切往来，旁敲侧击，剧里是这样子唱的："新四军久在沙家浜，这棵大树有阴凉，你与他们常来往，想必是安排照应更周详"，对吧。阿庆嫂有没有激动得一腔热血，夸赞新四军就是人民的子弟兵，军民一家人，鱼水情，海一样深？她有没有当场嘲笑胡司令是大草包，痛骂刁德一是汉奸走狗？

但是母亲接下去的话，却让你哭笑不得："那是她那个年代呀！她是地下党！她哪敢说真话？现在，是啥子年代？！不同了！讲法律的社会，有啥子坏人坏事看不过眼的，我还不敢说了？歪风邪气，我说了，他（她）能把我咬来吃啦？我们从来不惹事，但绝对不怕事！"

石坚易碎，刀硬易折。这道理她也许至今没有悟出，也许悟出了，在处理问题上如何迂回永远赶不上她大喊一声"刁德一，贼流氓，毒如蛇蝎狠如狼"来得干脆直接、响亮痛快。于是无论是亲戚、朋友、邻居，还是长途车上素昧平生的陌路人，只要有不平之事，她笃定能够凭一腔热情，仗义执言。那一刻的母亲，豪气干云。

至于对孩子的养育，我用我的亲历作证，她愿意倾尽所有。假如她有足够的钱财，会把街头巷尾那些没家可归的孩子，全都养起来，那是她非常向往、很乐于去做的事情。

在她生意顺畅的时候，只要有机会，她都会带许多东西和钱，来看我们姊妹三个和我的奶奶。她说她跟父亲没有关系了，但奶奶依然是她的亲人，她还是三个孩子的母亲。每次她来看我们，父亲总说："你们的妈又来收买你们了！""收买"这词，对买方和卖方，都不是好词，一般都用在坏人身上。可是，我们那时候却天天盼着她来"收买"我们。她给我们带来书包文具和零花钱，带来体面的衣服和短暂的母爱。

在父亲的屋檐下苦熬的日子，我跟好多农家女孩一样，把好好念书，初中毕业考取卫校或者中师，端上公家饭碗解决温饱看作最终目标。

然而，母亲不同于乡村屋檐下老实巴交的农家女，她终生抱憾于她的母亲，用一根细竹棍，将她从教室打回家里。她了解到自己女儿成绩还行，便掷地有声把"高考"这个词带进了女儿的生命中。由此，她也为自己又走上一长段荆棘丛生的人生道路埋下伏笔。当实在无法维系我的生活费时，她做了她极不情愿做的事——回过头写信求我父亲，拿出钱来支持我的学业，这钱算是她借的，等她手头宽裕了就还。偏偏高中学习并不那么争气的我，被那些门门优秀的种子选手甩出几条大街。沉默寡言又固执己见的父亲，怎么可能从自己平淡无奇的女儿身上，看到一丝投资回报的希望呢。农家地里的物品能换回来的几个钱，本就十分稀少、珍贵，一旦存进折子里，他便断无再把它取出来花掉的念头。

父亲硬着心肠不愿资助我读高中参加高考，几位乡邻的话，也起到了推波助澜的作用。他们在上街赶集或下集的路上，和我父亲同行，都喜欢半开玩笑半当真地对我父亲说："老表，我看，你辛辛苦苦养这些娃儿，不划算哦。过年过节，只要娃儿他妈一回来，三个娃儿齐整整的，麻雀一样都飞到她那里去了……"然后毫无内容地尬笑几声。然后父亲脸僵僵地说一句："腿长在各人身上。"说完这几个字，便木在那里，不再吱声。其他人一时也不说话了，只有他们赶路的脚底板发出不停歇的踩踏声，在乡间小路上回响，直到某个健谈的乡人嗓门里蹦出另一个完全无关的话题，浓重的沉默才被打破。

我的高中才上到一半，母亲的生意开始陷入困顿。有一天她独自回故乡，跟我们姐弟在县城短暂相聚。夏日午饭时分，她在餐店给我们点了稀饭和肉包，她自己却只吃了稀饭和一小碟泡菜。她什么时候开始不喜欢吃肉包的，我们都不知道，以前也没听说过。

有一次，我们在往返城乡的班车上，我看着就要出远门的她站在车门边，一言不发，担忧和焦虑毫无保留全写在脸上。其实我内心也生着她的气，积压着对她的抱怨，抱怨她自由选择的第二次婚姻，为什么还是没能让生存养家的路走得稍微顺畅些。我不想，也没有勇气正脸看她。她却在车下抓紧时机叮嘱我，她的事，我不需要想太多，车到山前必有路，只要我少去田里干农活儿，多花点时间读书就成，说着把五元钱递到我手边。我知道她当时全部的家当也没几个五元钱，我挪开手，不接。她把折叠的纸币塞到我手心，我还回到她手心里。车门边的售票员瞪大眼睛看着我们，忘了喊驾驶员关车门。不知有多少人有幸观瞻了一对母女，将一张五元纸币塞过来又还回去的情景，那情形多持续一秒，心脏就多受一秒压迫。终于我不近人情地朝她低吼："不要再递啦！我不要——！"气吼吼一甩手臂，差不多用尽了全身力气，决绝地把纸币扔向母亲脚边的地上，然后没好气地冲售票员喊了一句："你让师傅关门啊，该走啦！"

车门一闭，车子轰隆，一口气冲出车站，母亲呆愣的样子很快在车窗外消失。

我不清楚，那时候，她是否跟我一样，眼中涌起酸楚的泪，却强忍下来，硬是没有给它们流成河的机会。

最窘迫的情况，出现在高考临近的一个月。从父亲身边要不到最后阶段生活费的我，因为高考的紧张压力，没控制好自己的情绪，在给母亲寄去的信件上，很直白地写了几句悲观丧气的话语。于是，一张六十五元钱的汇款单很快寄到。交掉报名费后，余钱足够我那段日子的生活费，每到饭点，我都能手中捏着足量的饭票和足价的菜票，坦然自信地往饭堂走。然而，从考完试后收到的第一封信里，我得知，母亲情急之下去了医院，她卖了自己的血，然后把钱寄给我。

信很短，三四行文字，是母亲的亲笔书写。看完一遍，我就闭上了眼睛，不想再睁开。我的大脑却对信中内容挥之不去、刻骨铭心，一遍，又一遍。母亲书写的每一笔画，仿佛都化成医生手上沾着血珠的针头，狂飞乱舞，扎得我痛彻心扉。我的母亲，这个在自己认准的路上，走得果敢决绝又悲壮的半个“阿庆嫂”，确实是无怨无悔地付出了，可是她有没有想过，她的女儿，宁可选择其他千百种让自己忍受委屈甚至屈辱的方式，也不愿接受她的这种付出。一副沉重的十字架，让我永远背上了它……

二十几年过去了，我从来没告诉过她，那天从中午到晚上，我满脑子都是信上的文字和医生抽血的针筒，浑身上下似乎失去了对炎阳的感知，像一缕阴冷的孤魂，漫无目的在县城游荡了一个下午。天黑以后，我开始沿着璧南河，从大东门桥走到文风桥，又从文风桥走回大东门桥，走了数不清的来回，甚至想让自己像一片梧桐树叶那样，飘进河水里去。

许多年后，回头设想，我的第一年高考并没有达到国家统招分数线，像那些“委托培养”的路子，我是连念头都不敢动一下的，因为那笔费用，若是让我的父母去承担，无异于飞来横祸。好在缺分不多，可以交最少的学费进复读班。那年父亲若真的倾其所有供我进高校，紧随而来的，也许就是他和我的妹妹弟弟难以为继的生活了。

二十多年的时间转瞬过去，我已人到中年，母亲似乎依然是从前那个母亲，看待世界的方式和角度依然没有变，说话做事的风格也没有变。早已过了闯荡年龄的她，偏偏还想做大生意，我们给她弄了个牛奶亭，售卖牛奶和一些其他包装食品，她最初连正眼都不看，最后也不得不勉为其难，有个事儿做，打发时光；她一直有重组家庭的愿望，我们支持，可到了这个年龄人家更想找个保姆式的女人，想想不合适，她也就心灰意冷了。由于跟我们住在一起总免不了磕磕绊绊，索性买了间屋装修好给她住，随时打个电话问候一下，每周过去吃顿饭，聊聊天，嘿，真是远香近臭。偶尔还能听到她用比较轻的嗓音唱《沙家浜》，给她的外孙女听。随着她的小孙女也渐渐长大成幼儿园中班的小朋友，她的性情变得不再那么固执刚烈，脾气越来越柔和。母亲似乎又回到一个传统中国母亲的位置上。

那天是三八节第二天，我跟随一帮同事走进了沙家浜。春寒犹在，无缘相遇江南“芦花放，稻谷香，岸柳成行”的水乡田园风光，只有纵横交错的河港、漫漫湖水和枯黄至渐渐发白的芦苇。放眼望去，在浓碧悠悠的湖水映衬之下，一片枯黄磅礴浩荡。这里的芦苇，傲然在风中挺立，让严寒也为之屈服。驻足凝神，这里是名副其实的芦苇的王国，无论在什么季节，都是一幅莽莽苍苍的景象，一派潜藏百万雄兵的气势，胆气与豪壮油然心生。低首细看，在水里，在岸边，在湖中小岛上，在林荫小道，芦苇又是一番别样景致：沉静自适，灵动安详。

回家后有些愧疚。这趟错过，母亲不知道何时才能去沙家浜，去看看阿庆嫂生活过的地方，去看看那些经历过风风雨雨的芦苇。但我又宽慰自己，母亲已入老年，她需要平静安稳，她更需要和乐顺意。大半生的闯荡，既然化蝶不成，就让她在一个传统中国母亲的位置上，擦去那道时代的印痕，让她与阿庆嫂分道扬镳，未尝不是一件好事。一直没跟她说起，我已经去过沙家浜，那个在她意识里熟悉了一辈子的地方。

母亲的沙家浜，留在她的唱词里，留在她浮世一生的虚拟时空中。

（原载《上海文学》2021 年第 8 期）

靠近一匹汗血马

在远离草原的地方，一个人若拥有一匹汗血马，便已值得称奇；如果拥有的不是一匹，而是一群，那么他养蓄的，是一群有呼吸有情绪的“文物”，他一定也是有气魄和情怀的人！

在崇明岛启隆镇绿地长岛，我遇到了一群汗血马。

隔着一条过道，两排相对的马舍里，每个单间一匹汗血马。它们玉树临风。它们沉静安稳。它们将头从高大的木栅栏里探出来，探出仅供马头和一截脖子出入的半个弧形孔洞，眼睛温驯地注视着我们。

靠近一匹汗血马，我分明感到，它脚下有迢迢万里之力，可以走到天涯海角；它英俊的身姿，注定属于风驰电掣的冲锋或奔跑；它棱角分明的骨骼和身躯，随时可以成为一道勇往直前的风景；那凝望的眼睛，晶莹清澈，行动时隐着风云雷电，安静时又藏着云淡风轻。

靠近一匹汗血马，让我想起古代典籍中的骏马身姿。想李白“银鞍照白马，飒沓如流星”，描几多侠客之风流冷峻；孟郊“春风得意马蹄疾，一日看尽长安花”，绘无数书生之踌躇畅意；陈与义“故园便是无兵马，犹有归时一段愁”，抒离乡之人几许家国之思；辛弃疾“金戈铁马，气吞万里如虎”，发多少将士万丈豪情……无数文人雅士由马生发情怀，操控生花妙笔，在中华文化史册上留下自己鲜明而深刻的痕迹。

靠近一匹汗血马，不由得让我想起关于汗血宝马的传说。相传，在茫茫西域大漠中，一位孤独的旅人，身陷无水无粮的绝境七天七夜，经过痛苦的心理挣扎，他没有把长刀挥向他忠实的爱马，而是砍在自己的手腕上。马看着主人所做的一切，舔了舔主人的手腕，仰头一阵悲嘶。最后，马像发狂一般，用尽最后的气力，带着主人冲出沙漠。在马奔跑的身躯上，渗出了一片血色汗珠。从此这匹马的后代在狂奔之后，都会在肩胛部位流出血色汗水。这个关于汗血宝马的美丽传说，之所以让人感怀，在于它所折射的“投我以木瓜，报之以琼琚”的高尚情怀。表达的是心心相印，是精神上的契合，是彼此的珍视。

靠近一匹汗血马，让我想起古代由马匹驮起来的战争。在漫长的冷兵器时代，马被誉为有“灵气”的武器，随军移动的“粮仓”。纵观世界冷兵器战争史，宝马成就过无数帝王拿下社稷江山，助推过无数英雄豪杰称霸一方。还有汗血宝马从西域被引进到中原的那段百转千回的故事。

在西汉建元时代，张骞不仅是个外交家，还责无旁贷地充当了旅行家和冒险家的角色。他第一次从西域返回，就给老大写了需要几个人才能抬得动的汇报材料，称孤道寡的刘彻在一大堆竹简中看到了一句让他两眼放光的话：大宛有好马，出汗殷红如血，能日行千里。对一个具有雄才伟略的皇帝，这句话比三千佳丽更令他向往。他心想，朕的大汉朝军队要是装备上汗血宝马，还怕什么匈奴？朕将无—敌—天—下！

大宛虽远，但刘先生的思维是：没有金银财宝到达不了的地方，也没有金银财宝解决不了的问题。他命令使臣携带重金前去换取，那小山包似的金银财宝中，竟有一匹真马大小的“金骏马”。至于这堆财宝能换几匹宝马，皇帝没要求，使臣心头也没底，自古买卖由双方协定，卖方占据更多主动权。孰料大宛国王面对这堆旷世金银，意乱神迷、方寸大乱。他假惺惺召集群臣商议，决定杀掉汉使，扣其财物。群臣赶紧附议，还追加一句：两国相距万里之遥，山水黄沙相隔，那个刘彻又奈我何。

买马不成，使臣被杀，汉武帝刘彻哪里会答应？顿觉不灭大宛无以为君，一怒之下，发兵征讨。被愤怒冲昏头脑的汉武帝，既没有准备充足的粮草、被服，也没有考察沿线的地势、水源，数万大军立即开拔，走出去几百公里，才醒过神来，哀叹自己仓皇草率。可是开弓没有回头箭，总不能又下一道命令把大军召回来；为了大汉的面子，立即加紧筹备粮草，紧随其后运到。可惜为时已晚，败局从出发就已无可更改，行军途中由于士兵大量饥渴病死，还未开战就死了十分之九，数万士卒只剩下几千人，最后逃回玉门关待命的仅几百人。沿途多少汉家男儿弃尸荒野，真真是人命不及马。但是，汉武帝没有灰心，准备充分后，十万汉军进行了第二次远征。大宛之战持续了四年，最终大宛国王国破身死，遗众投降，献出三千匹汗血马。

良善沉静的汗血马背后，是汉朝和大宛君臣的一幅残酷战争画卷。拥有一批宝马，进一步缩小汉王朝骑兵与匈奴骑兵的差距，这是汉武帝的野心。他以为，宝马良驹，既是威武强盛的象征，又是治国平天下的利器。可历史从不按照任何个人的意志发展，即便配备了汗血宝马的大汉军队，终究抵不过历史的选择。

我不知道当今世上还有多少国家拥有骑兵，但我以为，冷兵器时代的完全终结，应以最后一匹战马解甲归田、转为民用作为标记。即使在拥有骑兵的时代，不可能每个骑兵的坐骑都是汗血宝马，否则汗血宝马不可能从古至今都属于珍贵的品种。怎么也不会想到，曾经叱咤史册、日行千里夜行八百的汗血马，再也没有足够辽阔的原野可供奔驰，如今束缚到这狭小的马舍里，成为有呼吸和情感的“文物”，只能被无数的游览者欣赏、赞叹。

马舍的每一间木栅栏上，都用中英文清楚标注了马的品种、学名、性别、颜色、生日、入境时间、原产地等各项信息。表明了它们都有高贵的出身，都有不平凡的过去。只是我不知，这马舍对于一群汗血马，是怎样一种际遇？它们有马语吗？它们日日夜夜在此相望和厮守，它们相互交流吗？它们能交流哪些话题呢？……因为这些问题，我跟不上我的队伍了。我在马舍前磨磨蹭蹭，轻轻抚摩每一匹探出头来的汗血马。第一次如此靠近一群马，尤其还是靠近一群我久仰的汗血马。看着平静的马眼、直立的马耳朵，在人与马的静静对望中，人畏惧地把手一寸寸伸过去，眼看要触到鼻梁骨，马却突然动了，人一紧张，立即缩回了手。

惊魂甫定，用驯马师刚教给的知识去观察：如果发现马耳朵倒伏紧贴向身体，最好别去碰它。它在警惕你，它很紧张，甚至是很抗拒，很容易发怒，这时候它是具有攻击性的。

可是这匹马那一对漂亮的马耳朵不折不扣直立在头顶，它没有一丝一毫生气的迹象，只是把头往左偏了三十度不到的角度。也许是腻了跟我枯燥的对望，它转个方向去关注近旁人们的嬉笑声了，黑亮的右眼恰好正对着我。面对那只黑得晶莹透亮的马眼，我呵呵地傻笑着自己的怯懦，全身肌肉渐渐放松，又把手慢慢伸过去，嘴里忍不住喃喃：“嗨，小伙子，你长得好英俊！喜欢你，就想摸摸你！别紧张哈……嗯，你真可爱！”

细密、柔和的触感，瞬间脑神经如过电一般，绝对颠覆脑中存储了几十年的对牛羊猪猫狗那身皮毛的好感。马都通人性，一匹汗血马更是如此吧。它把头重新偏回来，定定地看我，立在那儿一动不动，马眼中是上帝小心翼翼存放进去的一汪可以流动的黑色晶体，它所流露出的温驯和信赖，柔化人的肝肺。我一遍又一遍轻轻抚摩它长长的鼻梁骨，抚摩它的脸，抚摩它的腮帮，嘴里情不自禁跟它言语：“嗨，小家伙，你真是太可爱了！你的祖先有没有跟你说起过，在格列佛的世界里，你们都是慧骃国的主人？……成天关在这里，多委屈多无聊啊，真想看见你在外面奔跑的样子……”

这趟出行之前，有好长一段日子完全被琐碎的俗事禁锢，不得已透一口气，感觉自己如旧时代一头拉磨的驴，已经麻木迟钝到即将彻底丧失对世界的敏感，甚至是对活着的感知。

如自缚之茧般的沉甸甸心事，竟在幽暗的马舍悄然打开、尘埃落地。

带着纷乱的心绪，我在马舍的过道里，不舍地离开一匹，又走向另一匹。

褐色的，栗色的，枣红的，棕红的，白色的，产地来自布兰、贾拉巴特尔、苏黎世……马舍里二十余匹汗血马，我只在短暂的时间罅隙里接触到其中的七八匹。其余的，我只能匆匆行至马圈跟前，向那探出头来的马，招一招手，挥一挥衣袖；向那没有探出头来、孤独在单间里肃立的马，匆匆投去关顾凝望的一瞥。我不知道它们是否懂我，懂我此时的一言一行、一吁一叹。但我觉得我懂它们，懂它们的一低头一抬头，懂它们的一呼一吸，甚至无声无息的站立。我知道，马舍不是一匹汗血马甘心待的地方。它本可去旷野迎接朝阳，踏碎一地晶莹的露珠，啃食一片芳香的青草。它本可无拘无束驰骋天涯，快意一生，豪壮一世。它们遗传自祖先的每个细胞里，都有茫茫戈壁、黄沙大漠的影子，那是它们的远方。在它们眼中，只有水美草原、辽远疆场才是它们的向往，它们的梦想。

当时光远离了写入史书的古代，汗血宝马已落入历史的尘埃中。它们的种群虽卑微地生存下来，却吃着远地运来的种种精饲料，孤独地沦为马舍中尚有呼吸的标本。

当我们一群来访者鱼贯登车，即将离开，我的目光落在马舍空荡荡的过道里。我的目光，像极了小时候祖母那拖着长长一根麻线的缝衣针，在那些把头探到过道里来的每一匹汗血马的身边穿来绕去，最终迷失在马舍深处的幽暗里。座位下的车轮开始滚动，耳边突然传来一声悠长的马嘶。

那是怎样揪心揪肺的嘶鸣，我无法言说我的感知。稍歇几秒，又一声凄切的嘶鸣，我的心再次揪紧。车子渐行渐远，我茫茫望向前方。在看不见的远方，那里也许有大草原，无边无际，天宇似穹庐，笼盖四野，绿草无边，清风安详……凝神屏息的我，没有听见马舍里传来第三声嘶鸣。不知道这怅惘的悲鸣，本就没有从喉咙里蹦出来，还是因为相隔太远，声音消失在空气中……

眼前，总见一匹栗色马驹昂首站立。跟一匹汗血马对视，我有流泪的冲动。

假如还有另一片苍茫寥廓的天地，假如我还有年轻矫健的身姿，假如有那么一次机会，我愿跨上任何一匹汗血马，奔向一片水美草肥之地。抱着它的头，彻底酣畅淋漓地痛哭一场。然后，纵容它四蹄欢腾，踏碎一溪水花；任由它释放野性，风卷残云那无边草原上满地的青草；迁就它如风过影，沉醉于旷野的芬芳；陪伴它且停且行、嘶鸣吟唱，直至夕阳西下，暮云四合。

（原载《山东文学》2021 年第 4 期）

我跟我的爱情穿过小街

十月的阳光暖暖的，微风从海面上吹过来，迈着小碎步穿过树叶、纤草、灌木和菊花，带着一身体香，从推开的玻璃窗上钻进来，俏皮地来到我的卧床边。

这是个周末，校园十分安静。他起了个大早，煮了粥，炒了一小碟花生。我刚睁开眼睛醒来，他裹挟着一身米粥和花生的香味来到床前："懒虫，起床啦！"他像个孩子，乐呵呵的，挠我痒痒。他在催促我跟他一起去举行一个仪式呢！

好长时间以来，我们就准备用一种特别的方式为我们的爱情绾一个结。我们都商量过了，传统婚礼仪式太烦琐，何况在远离故乡八千多里的地方操办更是难上加难，没有亲人扶助，凭我俩的能力搞不起来；上教堂虽然新鲜，可对于在这片土地上新落脚只两个多月的我们，教堂在哪个方位，也不知道。昨天晚上，他说："咱们就去拍张照片吧，正儿八经地拍，老祖宗在成语词典上早就告诉我们一拍即合！又简单又特别，怎么样？”他的话把我逗乐了。

从懂事起，我曾无数次悄悄地、满含羞涩又无比激动地替自己设计婚礼：花轿、彩车、唢呐，热闹的亲友披红挂绿，漫天飞舞的彩纸和糖块，我身着华贵而高雅的礼服，被两个漂亮的伴娘牵着，矜持地向前迈着脚步……我的他应该帅一点儿，最好像张学友，嘴巴也应该会说一点儿，像冯巩的同门师兄弟，还应该是个殷实人家。在遇到他之前，这梦就像一块玉，经年累月地被我小心打磨，一点一点被修正，一点一点在完善。我常常为一些精巧的设计悄悄感动，感动得泪水盈盈，还常常这样问自己：别的女孩子有没有这样想过？如果只有我这样想，谁能说我不是女孩中最聪明的。遇到他以后，我知道那样的婚礼对于他来说是不可想象的，毕竟他……而我，我爱的是他这人，而不是其他。于是我希望拥有一场刻骨铭心而又更加别具一格的婚礼。我没有想到，到头来，会是“一拍即合”，给一个古老的成语做一个特别的注释。

我不乐都没有理由。

吃了早饭，他用自行车驮我上路，我斜坐在自行车的后架上，向我们要去的渔村小镇飞奔，方圆几十里地，只有那儿才有一个很小的照相馆。从学校到小镇有六七公里，本可以乘公交车的，他说骑车去，还建议路上我们都不说话，正好把以前的事情回想一遍。二八大杠的自行车是我们省了一个月的工资买的，像匹高头大马，在他的牵引下，坚定有力地飞驰在紧靠大海的乡村路上。

是在大学二年级吧，中文系发生了惊天动地的事情，就是我跟他恋爱了。这之前，中文系的女生都是“出口”的，而男生一般都到其他系“打猎”。之前谁也不瞧谁：瞧你，凭才学还是容貌？！我俩同班，都喜欢文学，经常在一起无话不谈。我生病的时候，他为我买药，我喜欢替他买他喜欢的书。起初人家都说我们在谈恋爱，我们谁都不觉得这就是恋爱，忽然发觉这就是恋爱的时候，彼此已经爱得很深了。按说搞文学的应该高挑一点儿，他偏长得敦实憨厚；他很少高谈阔论，却不乏幽默。至于家境，他父母都是土里刨食的农民，却奇迹般地供着他和他的两个弟弟读大学，还有最小的一个弟弟在读中学。大学期间，除了上课、考试，他的业余时间几乎都在校外打工，其余时间都用来捣鼓文学。就因这，曾让好几个倾慕其文才的女孩急速地靠近他，又悄悄迅速地离开。使我决定跟他在一起的，不是他的文才，也不是怜悯他的经济状况，而是他放弃了自己的前途，只是为了能和我在一起，同闯天涯。那时流行学业毕业、爱情也毕业，他本来有条件到温州或者进一家大型企业搞宣传的，可他都没有去，原因是这些单位不要女性。

走到半路，也许他该想的都想得差不多了，他说："听我唱歌，怎么样？"说完就开唱，《牵手》《爱拼才会赢》《小雨伞》……都是老歌，嗓音算不得美，可真诚、浑厚，是用心来唱的。他要我把耳朵贴在他背上听他胸腔里的歌。那真是歌啊，如果歌声有源头，它的源头就该在那里，在靠近心脏的地方，伴随咚咚的心跳，把我感动到了。

他说："历史会为我们记一笔的，像我们这样的婚礼。"

我觉得好笑："你是谁呀，谁会为你记一笔？"

他认真地说："真的，至少我们中有一个人会记一笔的。"

我说："这是私人财产，是隐私，别人想知道，我还不一定说呢！"

他说："利，你不觉得我这是阴谋吗？"

"阴谋？你也有阴谋？"我笑得差点儿从车上落下来，自行车随着我的笑声晃起来，"谋我什么？"

他没答我的话："你知道我口袋里有多少钱吗？"

"一百元，照相管够。"

"不仅照相要靠它，这个月工资发下来之前，对付嘴巴，也得靠它。这是我目前拥有的最大一笔财产。"

他把车停下来，我也从后座上跳下来。他撑起自行车支架，对着我，再次问我："你后悔吗？"

我见他表情凝重，非常认真，我也认真了："后悔什么？"

他眼里有泪花在闪："我的贫寒。你跟我会很苦的。你如果后悔，我们就回去。"

我惊讶地看着他。我的闺中密友早就跟我说过他的情况，而我老早就想清楚了。这是个实实在在的问题。可我相信他，就凭他痴迷追求文学的韧劲儿；就凭那一次我们一起挤火车，秩序乱得想上的上不去，想下的下不来，他扎一块红布就把几节车厢的秩序搞定的机智；就凭他宁舍锦绣前程也愿两人在一起的真诚；就凭他对我无微不至的关心与呵护。

看他难受的样子，我笑了。他见我笑了，轻松了一点儿，他说："拍个照片就算结婚？我这哪是玩特别呀！其实，我是因为没有……"不等他把那个字说出来，我说："你上不上车？我数到三，你还不上车我就后悔了。"

小街终于到了。

在街口我们遇到一对迎亲的车队，九辆黑色的别克轿车，车身饰满鲜花，新娘子穿着雪白的婚纱，千娇百媚，怀里还抱着一大团红玫瑰。到这海滨渔村时间虽短，我们有幸参加过一场婚礼，场面之隆重就别提了，仅仅陪嫁的一张存折就三十万。

他把车停在路边，等他们的车队过去，说："咱们不眼气人家，没有那么隆重的仪式，我们照样要幸福！"我说："我正为他们祈祷！"他笑了："你为人家祈祷，谁为我们祈祷？"我说："这世上，还有比自己为自己祈祷更真诚的祈祷吗？！"他觉得有道理，我们都笑了。

经过百货大楼，他提议进去转转。他在一件女式皮衣前面站了好半天。他右手放在衣袋里。我估计那一百元钱要能喊，一定会大声抗议他把它攥得都快没形儿了。他见我在看他，不好意思了。我指着不远处的首饰专柜，做了个鬼脸儿对他说："要不到那边看看？"他被我的恶作剧逗乐了："等着吧，总有一天。”顿了一下，又说：“最多五年。”说完拍了拍手，像掌上有灰，转身带着我向门口走去。

出了百货大楼，就快到小街的尽头了，不远处就是我们今天要去的目的地。我的少女年代就将结束在那里，我虚幻的梦也将结束在那里。从那里出来，我将换一个身份跟这个世界说话了：我相信自己，也请世界相信我的选择。在走进照相馆之前，我说：“等一等。”我替他把领结正了正，他把我落到脸上的几根头发捋到耳后。

“结婚照是吧？好。几张？一张，好。几寸？五寸，好。坐前面凳子上，男左女右，好。请坐直，先生下巴低一点儿，小姐往先生那边靠一点儿，好。目光平视，看我这边。表情自然一点儿，放松，放松，对。微笑，微笑，对。准备，三，二，一。”

“咔嚓”一声，整个仪式就结束了。摄影师说照片要过三天才拿得到。摄影师是怕我们急了，事实上我才不着急呢，如果不是要给双方父母寄我们的结婚照。未来的日子还很长，人家说的，经营这份承诺，得用全部心力和一生的时间。

（原载《雪莲》杂志 2015 年第 7 期）

疲累逍遥

12 月 25 日，星期四。全身上下还裹挟着昨天晚自习辅导留下的疲累，摩托车又带着我在寒风中呼啸着，奔驰在家和学校间的公路上。我感觉已经拼尽所有力量，6 : 45 进校门，遗憾地发现，比规定早读辅导的时间，还是晚了 5 分钟。

7 : 22，结束七（1）班语文早辅导，手捧教务处的“圣旨”直奔七（5）班教室，完成我作为这个班的班主任在今天必须完成的使命——生物地理期中考试考前训话。

7 : 35，返回办公室，以极限速度向胃囊输入早餐。

7 : 45，从考务办公室领取试卷直奔考场，像交警那样敬业地指挥 50 多名学生各就各位。

8 : 00—9 : 00，考生物。我客串“警察”，看守着学生解答试卷。晨曦班的学生，学习普遍都比较扎实。即使碰上不会答的，也老老实实空在那里。因为是两个年级的学生交叉坐位，作弊的可能性小，我感觉自己显得有些多余。就在感到尴尬的时候，一位学校领导在门口向我招了一下手。等我走到门口，他对我说："下午听你的课。"

9 : 30—10 : 30，监考地理。

跟上一场考试差不多，唯一不同的是没有人在门外向我招手。这时，才有心思来关心自己，感觉口干舌燥，发现忙到现在，连水都没顾上喝一口。

幸好塞了点儿早餐，做教师的，哪一周没有一两天忙得顾不上吃早餐的？！心想，好歹等到下课，灌上半杯热水，肠胃就会好受些。

下了课，接到学校通知，接下来 10 : 35—11 : 20，按照课表上课。

我一听，头都大了：按照课表，七（5）班正该由我去授课。而此时，我真希望监考结束后，能够休息二三十分钟，缓缓劲儿。

没办法，收好试卷送到教务处就到点了。夹上语文教科书，走进七（5）班教室。

11 : 30，终于喝上热水啦。连喝了两大杯，都没顾上感觉水的滋味。直到喝第三杯的时候，发现水在肠胃里哗啦哗啦流淌，嘴巴里味觉已经消失。还想喝水，但不敢喝了，饱的感觉已经出来了。

11 : 30—11 : 50，食堂用餐。刚才喝水太多、太猛，这会儿效果出来了，什么也不想吃。我命令自己要吃些东西下去，否则对付不了下午的工作。

洗了碗，就到 12 : 20。按照规定，12 : 20—13 : 10，我到七（5）班教室看班。

13 : 20—14 : 05，在七（1）班上语文课。听课的领导如期而至。我知道在这个班是不能用晨曦班的教法来讲的，那样将会有多半的学生跟不上——两个班的基础实在是差距太大了，只得因地制宜、因材施教。领导例行听课也不能例外。

14 : 20—15 : 05，七（5）班体育课，协助体育老师带学生到操场上训练进出场和队形，为第二天下午广播操比赛做准备。

我这是第二次带晨曦班的孩子。不要说这一届与上一届之间存在着差距，就是同一个班，学生与学生之间都千差万别。唯一不变的，是他们都非常珍惜荣誉，像珍惜所有给予他们的爱和温暖一样。

这届孩子也这样。在大型活动面前，他们总是那样团结、齐心，加上体育老师的精准指点，与同时在操场上训练的其他班级的孩子比，他们的进步最快，也最引人注目。

这时候，作为他们的“老班”，我一身的疲累都烟消云散，心中升腾起欣慰，甚至感到一丝轻松。

15:25—16:10，七（5）班音乐课。按照计划，明天广播操比赛后，紧跟着是本校第二届校园文化艺术节展演。还在体育课训练时，音乐老师就主动上来说待会儿“再给你们班校歌合唱两次”。音乐老师姓丁，大家喜欢叫她老丁，其实一点儿也不老，活泼开朗，我跟她很谈得来。我对她说：“今天上八节课，加早晚两次看班，几乎全天候‘开机’了。”老丁听得一脸惊讶，啧啧赞叹两声，善解人意地说：“待会儿听我的就是了，你只要站在旁边就行。”

队伍被集合起来，前往综合楼大厅练唱。出发前，老丁对全体学生说：“今天你们班主任从早读课到现在还没歇过一节课，她已经很累了。在排练过程中，希望大家一句闲话也不要讲，听我指挥。做得到的请举手。”全体齐刷刷地把手举起来。我感动于学生对我的理解，更感激老丁对我的关照，心中热流涌动。

从教学楼到综合楼的路上，学生都很安静，完全没有平时前往美术室或者音乐教室上课时那种边走边亲切交流的景象。老丁与我走在队伍侧面，跟学生保持着一定距离。突然，老丁在我耳边亲切地说：“小巫呀，你真是太辛苦了！比你刚来这个学校的时候，这几年你老了好多哦！看看吧，额上的细纹爬出来了，藏也藏不住啦！”

一向走到哪里就把笑声带到哪里的老丁，自从 2002 年跟她成为同事以来，记不清有多少次对我说：“小巫，这件衣服挑得好呀，漂亮！”“这种颜色穿上去也很不错嘛，年轻就是不一样！”尽管有玩笑成分，可是听着很受用。谁不喜欢听别人夸自己“漂亮”“有气质”呢。

老丁的这句话如同向心中里扔了块石头，发出沉闷的回响并不断回荡。

一路无语，师生走进综合楼一楼大厅。四十九个可爱的男孩女孩依次把队形站好，没有一个人讲一句闲话。我心底延续着感动。

看着眼前这群只比自己女儿大一岁的男孩女孩，我想到1996年大学毕业刚走上工作岗位遇到的那个黄海渔村的调皮男孩。他曾在作文里这样描述我第一次走进他们教室的形象：“上课铃响我还玩儿在兴头上呢，突然抬头看见一个身穿嫩黄色套裙的女同学跨进教室来。她长得很清秀，裙摆飘飘，一飘飘到我们讲台上。我觉得她是蹦到讲台上的，脸上还带着天真稚气的微笑。我们新生在假期里已集中上了十来天的课，没见咱班有这样一个女同学。我正想要要威风，上前把她赶到隔壁班去，没想到她竟然唱歌似的，用流利的普通话自我介绍说，她老家在长江头，现在来到长江尾，她是我们的语文老师。向来咋咋呼呼的我，愣是半天没有反应过来……”

据别的老师讲，那是那所学校有史以来最“野”的一群孩子。可就是这群野得“史无前例”的渔家孩子，一下课就在我办公桌前围成一圈，问我一大堆稀奇古怪的问题，成了我的好朋友。我们师生的合作总是很愉快。后来有的学生还常常趁早上来上课的时候，顺便从家里替我带一把红辣椒。大冬天的，一群孩子跑到野外，从树洞里熏出几个刺猬送给我，声称要给休产假的我“好好补补”。毕业的时候，他们大多数都回渔村去了，也有比例不低的学生考上了大江中学、东南中学，“史无前例”地有一个孩子收到启东中学公费生录取通知书。

这些事情好像就发生在昨天。十二年，犹如白驹过隙，弹指一挥。现在想起却好像是远古的神话。那么有意思的往事，那么光彩熠熠的时光，也曾发生在自己身上？有点儿不相信。

或许就是这种既好笑又感动的心情，让人不惧疲倦和劳累，愿意跟这些孩子们在一起。从来没想过要感动别人，只是我自己很享受这份感动。青春和韶华，就在这份感动中，悄悄远去……

学生合唱的校歌，调子活泼欢快，充满青春活力，总体上正如老丁说的那样很不错，但是我听到有两个低音部位，不少学生低不下去，忍不住张嘴指出来。老丁又辛勤地指导他们继续练习。排练结束，学生安静地回教室上自习，我回到办公室，屁股挨到凳子上，终于找到个稳神儿的机会。

我告诉自己赶快养养精神，歇个十来分钟，准备上今天最后一节课：七（1）班的语文课。

身子是歇下来了，大脑却不安分，老丁的话还在耳边回荡。悄悄地摸出小镜子照一照额头，再照照眼角、脸庞，再次感受到老丁话语中的善良和贴心。如果照实说，应该是：瞧瞧，你脸上的皮肤也老了，那么多色素、黄褐斑……才三十多岁，青春已不再啰！

何尝不知道近些年自己在剧烈地消耗着青春容颜，甚至是健康的生命？！当伤风感冒频频光顾时，我知道身体太疲劳了，抵抗力差了；当踝关节时不时红肿疼痛，我知道太疲劳了，已经超过承受极限，没有放松下来休息；当眼睛睁开就觉得干涩疼痛，闭上就想用手去捂，捂着就不想把手拿开时，我知道自己太疲倦了，我需要休养生息……

就这样日复一日，年复一年，累的感觉从来没有消退过，但却从来没有厌倦。今年教师节收到刚送走的2008届晨曦班毕业生写来的感谢信和贺卡时，觉得一切都值得，一切都有了回报。其中从启东中学送来的感谢信是四个人合写的，有一个叫小伟的男孩最让我深刻地体会到教师职业的神圣和挑战性。

小伟刚进这所学校第一个月，因在自习课上说话，被我批评过。他课后也很调皮，有一次帮同学拨电话，竟顺带记住了别人的卡号和密码。隔了几天，跟另两位同学一起将该同学的电话卡打得没剩几个子儿。对他的行为，我生气归生气，却没有就此对他抱有成见。后来，他越来越懂事，纪律也越来越好，尤其在运动会上他参加的竞赛项目都取得了很好的名次，赢得了老师的称赞及同学们的掌声。

初二第二学期期末临近，借写班主任寄语的机会，我用极富鼓励性的语言热情赞扬他的聪明和取得的进步。无独有偶，在那天第一节夜课下课时，班里长得十分秀气可爱但性格比较内向、学习一直处于中上成绩的女孩小芳跟在我后面进了办公室。我很纳闷：我没找她呀！但预感事情跟小伟有关，因为上课前隐隐约约听到有同学在嘀咕小伟跟小芳吵架了。窗户外面有三五个同学在探头探脑。小芳略带哭腔说道："老师，我想请您帮我一个忙，找 ×× 伟谈一次话。我觉得他最近表现不太好，自习课也不太用心。他先前不是这样的。我觉得他这样下去会毁了自己的……"在我耐心地向小芳询问具体情况时，小伟自己走进了办公室，递给小芳一些面巾纸后马上又出去了，我才注意到小芳脸上有泪水。窗外的三五个同学和小伟一起离开了。若在平时，一个学生，尤其是男生，不跟老师打招呼就在老师眼皮底下这样关心女同学，老师一定要把他喊来询问一番的。我意识到，这些男孩和女孩，都正处在心理发生奇妙变化的关键年头，他们需要精心呵护，需要积极引导。我继续跟小芳交谈，小心而不失策略地替他们想了一个解决问题的上上之策。

过后，我经常庆幸那天晚上的冷静，因为那次期末考试，小伟的成绩考进了班级前 10 名，据入学考试的成绩，他排在 17 号；更可贵的是他与小芳始终保持着同学间的友谊。尽管在初中阶段的最后一个学期，有老师对我说："我发现 ×× 伟上课的坐姿很独特，我总感觉他的眼神在关注谁，肯定在关注某个女同学。"我会心一笑，至少在毕业前我不愿说出谜底。事实证明，他对学习越发热情，成绩节节攀升，在中考时取得了全班第一的好成绩。我的电脑里还存着 2007 年底初三第一学期结束时，我煞费苦心给他写的班主任寄语："你忽闪着一双聪颖智慧的眼睛，进入初三以来，能专心听讲，认真完成作业，你在全班同学和老师心目中树立了勇往直前、锐意进取的勇者形象，许多同学都默默把你作为榜样。……如果书写能再漂亮点儿，那老师也要立即崇拜你了！希望寒假过得充实而有意义，相信你在 2008 年将赢得更多的掌声！”

如果说教师也有至高荣誉，那么教师的至高荣誉，就是看到一个个可以成才的孩子，真正成才了。

16 : 20，第八节课上课的铃声响起，暂时抖落身上的疲累，打起精神，拿起教科书，走进七（1）班教室，果断地喊一声：“上课！”

17 : 07，一天的课终于结束，彻底瘫软在椅子上，身体像崩塌的山一样，感觉再也不能从椅子上拔出来了。

17 : 15，黑夜渐渐降临了，我告诉自己，无论如何要把自己从椅子里拔起来——远在城市那端，家人还等我买菜回去做晚饭呢。

风还记得你的模样

对川东丘陵来说，七月真是美妙的季节。天气开始炎热，不时降落的雨水，让这片土地覆盖上葳蕤的绿色，风似有若无的，偶尔吹一缕到脸上，便会生出一片凉意。傍晚，夕阳斜斜的光芒穿树而过，燥热的蝉唱跟远处不慌不忙而又无声无息飞过的白色鹭鸶形成强烈对比，仿佛一个在对过去吟唱、一个在向故乡告别。跟午后比起来，季节灼人的力量已消减，但热力依旧。

独自从乡下老家回城区，步行一公里村路后，赶上公共汽车。到城里的汽车站下车，往中心城区继续步行。走了不到两百米，两只匀速移动的脚开始放慢，最终完全静止下来。不是因为城里更热一些，不想走路了，而是在这个 Y 字形的路口，意识中一直有一幢外观灰黑色的三层砖砌建筑，很鲜明地盘踞在对面五十米远的大路边。它不可能让我心生留恋，但却引我驻足。

此刻，我的眼前，那座名叫西北旅馆的旧建筑早已在时光中隐遁，没留下一丝痕迹，一栋风格气息迥异的摩登高楼替代了它。旧时光里的它，收留过我和家人饱受贫困的肉身，曾经好几次因母亲缴不出租金、我们险些被坏脾气的旅馆老板赶到大街上去。那时年少，青春迷惘的灵魂，就寄寓在这样一座陈设简陋的旧楼中，难免悲苦不安。此时默默凭吊、怀想，沧海桑田，变幻好似就在一瞬间。

抬脚继续往前，三五十步就到了反帝坡。老地名沿用下来了，地面旧景却没有了踪迹。如今这里是一个环境颇清新安静的住宅小区。

从反帝坡的楼群出来，信步朝前。遗忘多年的街道的方位，竟然在脑中复活。庆幸自己还不算这个城市纯粹的陌路人。这一小确幸，激动得让我的脑子里响起某首欢快的歌，在宽阔的人行道小跑了一段。这一跑，忘了热，抖落一路风尘一样，抖落掉一层离乡背井的感伤和失落。

沿中山北路走了几十米，文庙就出现在眼前。高中时期对县城的每条街道都很熟悉，异地谋生多年后，被生活演绎成这座城市的陌生人。离乡二十余年，每趟回乡省亲，总是匆匆。再忙，也不忘偷闲到文庙跟前走走，或者跨进大门去探看一番。

这文庙，是重庆市境内至今保存较好、档次较高、规模较大的文庙建筑群。有十来年时间，不论白天黑夜，在大门前，外有广场舞乐声喧嚣，内有茶馆营业。虽然从视觉上谈不上美感，但每次回乡，还是抗拒不了它所沉淀的历史与文化的召唤，忍不住又走到它跟前。一次又一次。

现在的文庙门扉紧闭。文庙前树林里的长椅上及文庙大门两边的大石礅上，各自闲适地坐了三两个人，偶尔有行经此处的路人。整个广场人影寥寥，如此干净和清静还是头一回见。

看看时间，发现还有半个时辰可供自己独立支配，树下长凳上又刚好有人起身离开，便安心在就近的空位上坐下，好好享受这方圣地的清灵与静谧。

细细打量安静下来的文庙，孔子圣像和吕凤子塑像肃立于广场绿荫下。天底下的文庙都拜孔子，立孔子塑像只是题中之义。吕凤子何许人，竟可与孔子一道在文庙的屋檐下共享后世学子的香火和冷猪肉？但凡能想到这一层的人，多是内心有一定人文情怀的。

吕凤子不是璧山本地人。他生于江苏丹阳，在抗战极其艰苦的环境下，他在璧山这片土地上坚持办学九年，虽遭土匪洗劫一空，但他执念不改，为这片曾经积贫积弱的土地注入文化基因，延续了这片土地的文脉。我深为自己因离开太久而对这片土地的恩人险失认知感到羞愧，同时又为璧山人世代铭记吕先生恩德的壮举感到欣慰和自豪。吕先生一辈子淡泊名利、与世无争，他心怀教育、德高望重，确实值得世代纪念。而把他与孔夫子放在一起纪念，足见这片土地上的人们的气度和胸怀。

环顾整个广场，除了每棵树植根的那块方形地块外，地面均用大小一致的方砖铺砌得平平整整。几列间隔栽种的黄桷树、梧桐树，普遍都身形高挑，主干一般超过一人身高然后分枝散叶，再往更高处才丫枝交错，彼此渗透。树木枝叶扶疏，将阳光大量遮挡，树荫下青砖地面平整、开阔，近旁又有长椅长凳和文庙大门两侧的大方石礅可供人休息。这就难怪前些年，哪怕是炎热的午后，这里都是广场舞大妈最热衷来的地方。三五米外的长椅上，两个大人一个小孩挤在一起谈笑逗乐。我身边坐着穿一身黑色连衣裙的中年妇人，不时低头刷着手机，隔一个空位，一个环卫女工坐在长凳左端，身穿醒目的橙红色制服，畚箕扫帚立在一旁。两个女人像认识，又像不认识，有一搭没一搭地说上一句。

突然身后飘来一阵香烟味，伴随一个苍老的男人的声音：“……那个老人家应该有九十五岁高寿了，她教过我的妈妈。我妈今年都九十岁了。”

职业原因使我对某些字眼儿特别敏感，我下意识转头去看说话人，并想借由他的视线找到他讲的老人。说话的是个刚起身离开座位的老伯，花白头发，清瘦的身形。他在和我身边那位身穿黑衣裙的女人——他的老伴儿讲话，感觉自己刚才的动作有些冒失。老伯大概也没想到有陌生人对他的话题如此感兴趣，他看看自己的老伴儿后，又特别看向一脸疑惑的我，把手朝一个方向指过去："你们看嘛，就是那边那个老人家。她做过我妈妈的老师。我妈妈今年都九十岁了。虽然我们不像亲戚朋友一样走动和联系，年纪也都大了，但我妈妈一直记得她，也还认得她。前些日子还跟我说起她。"老伯一脸亲切与自豪的笑意，以及兴致勃勃的说话声调，完全不像那一头花白头发所提示的——他已是古稀之年。

望着他手指的方向，我认真打量起坐在文庙大门左侧大石礅上的老妈妈：她正神态安闲地目视前方，长椅上长凳上的景观都可以入她的视野。她额头很高，白得很纯粹的头发齐齐剪短至耳垂。身穿宽松的白衬衫，纽扣扣至最上面一颗，深咖啡色长裤，枣红色布鞋是手工缝制的那种，一根黑漆的龙头拐杖倚靠在身旁。老人家右手握一把方扇，偶尔扇两下。

我询问老伯，老人家以前在哪个学校教过您的妈妈？

老伯只说，那都是在 1949 年以前了。言外之意，那学校已经不存在，应该就像我曾经就读的村小，现如今已不复存在。

不知是不是有感应，老人家握住龙头拐杖轻轻点地，起身朝我们这边走来。她步履轻松稳健，基本不借拐杖多少力。老伯赶紧迎上去，与老人家聊了起来。

"老妈妈，你 xianjian(鲜健)得很啰！"这个形容老年人身体好精神棒、不知该如何书写的方言词汇，有好多年不曾听到了，不过借着语境，无需回忆和思考，我就明白了老伯的话意。

"嗯嗯，还好还好！"老人家笑意盈盈，口齿清楚，语音爽朗，完全是耳聪目明。

我起身，想寻找角度给这两位辈分悬殊的老人拍张合照。

"这里凉快，清静。经常来坐坐，安逸。老人家身子骨硬朗得很哩，高寿有九十五了吧？"

“九十八了！”老人回答。

老伯大概怕我们没听清，侧过脸对我和环卫工人很响亮地重复了一遍老人的年龄。我和环卫工一直在关注两位老人的交流。不一会儿，环卫女工啧啧赞叹一番后，起身，提起她的劳动工具，往别处打扫去了。

两位辈分悬殊的老人站在长凳边聊了几句后，晚辈邀请老妈妈坐下聊，并向我询问：“可以坐这里吗？”这才发现我的两瓶脉动占据了长凳靠近当中的位置。我急忙回答可以可以，一把将脉动移到旁边。

两瓶脉动我一直捧着，其中一瓶已喝少许——捧着它们走过长长一段村路赶上进城的公交车，又捧着它们一直走到文庙跟前。我平常不喝包括脉动在内的任何饮料，今天却无论如何不愿丢弃这两瓶脉动中的任何一瓶。一路上，乡人讶异地看我笨拙地一手举着伞遮阳，另一只手紧抱两大瓶脉动，他们都不可能知道，脉动是一位乡村老妈妈怕我渴、坚持要我带上路的。她是我高中地理老师的妈妈。如果坐亲友的车沿公路回父亲那里，我是不方便拐到她家看一看的。多亏我今天选择步行，有机会陪她坐一会儿，跟她聊上几句。她知晓我是谁家女儿，也知晓我曾是她已经早逝的二儿子的学生。就是在这个地理老师的课上，井底之蛙般的我，第一次听说璧山有一个叫文庙的地方。也是从他那里第一次听说“巫”这个姓氏的家族源远流长，人才辈出，完全不用在那些大姓人家面前自卑。只要足够努力，男孩可以出人头地，女孩照样可以从穷乡僻壤、家庭困境里走出去。

在那个年代，一个老师三言两语的鼓励，足以让寒门学子牢记一世。远赴异地工作后，我一直在找机会去看望和感谢他。后来他进了机关，更加忙碌于将精力与心血致力于璧山这座城市的规划与发展，在我返乡的那为数可怜的日子里，更难找到和他见面的机会。时光悄悄溜走，就在我觉得去看望他的心愿越来越有可能兑现时，他却因那最可怕的一个字，永辞了这个世界。

今天一大早，从城里出发往乡下赶，除了几十里盘山公路靠公共汽车代步，余下的路程都是步行。炎阳高照，暑气升腾，田间青绿的水稻正在抽穗。闯荡过山川丘陵的夏风，夹带着田野间稻叶瓜果藤苗的甜香气息，一定很熟稔并得意于它到达人类肌肤之时，那微微清凉感带来的安逸和舒适。对于这比城里清凉、还散发出独特气息的旷野，想必跟我一样，夏日的风是颇有些沉醉和流连的。路经老师的妈妈家，我作了短暂停留。说了一阵闲话后，她留我吃午饭不成，硬是塞给我一瓶脉动一盒优酸乳才放行。下午返城经过她家跟她告别，上午的一大瓶脉动还剩三分之一足够我一路喝到城里，她却坚持说太阳好大、天气好热，又送上两瓶。想想她上午又一再提起我的老师——他的二儿子是如何的有孝心，工作起来如何的用力气，我的眼睛又湿了，感激他们母子我都来不及，哪里还能忍心拂了她的一番好意？即便不举伞，让太阳把我晒黑，我也该捧着这三瓶脉动，伴随它们带给我的清凉一路前行。

人生苦短，路却漫漫。好比今天这一早一晚，除去城区与乡镇间几十里绕弯的山路必坐公交往返外，一步一步走来，一个个地名、一个个小镜头、一段段回忆，广博的生活，录下数不清的起起落落的情绪。来到古老的文庙前站一站，我便有了勇力，也有了底气，把岁月里一时的悲喜全都看淡。即便生活中所遇那点现实的不公，亦不过是阴翳，飞过明净的天空，像一抹转瞬即逝的情绪，连一缕浮云都算不上。悲也好，喜也罢，得之坦然，失之淡然。之后，该干啥，还干啥；该对谁好，继续对谁好。

我的地理老师虽已不能再回来，但他的老母亲一逢相熟之人就叨叨他的往事，像我一样的他的学生们，也总是念念不忘记挂和感恩于他。文庙前这位苍苍白发的老前辈，有过怎样的人生经历与教育生涯，我不得知，单凭她学生的子孙还那样谦恭和尊重于她，她这教师也当得值了，足够赢得我这后辈的敬重。至于一方百姓及其子孙后代祖祖辈辈都缅怀敬仰的吕凤子先生，就更不必说了。面对他们，多少人可以从中照见自己心胸的狭隘与灵魂的渺小……从吕凤子到眼前的老妈妈，从我的地理老师到我，恒久的是一条文脉，如同纵贯这座城市的璧南河水，流淌不息。

老妈妈白发皤然，坐在长凳上神情优雅，笑意嫣然。从她那里，你看不到盛夏的炎热和浮躁。

从思虑中回过神来，恋恋地环视一遭绿树浓荫下这片清凉之境，调好手机，轻轻点下拍照按钮。

（原载《青岛文学》2021 年第 12 期）

没有哪条村路可以被忽略

多年以后，每每回想起当年还是男友的孩子爸第一次上我老家的情境，我都还为那条在迷宫般的丘陵中间穿行的小路，感到汗颜。

那条路在重庆璧山大兴镇船形村四组，当年的行政地名叫盐井村一组。从会车必须小心翼翼的 109 省道下来，一条不足半米宽的小路从脚下向丘陵深处延伸，越远越细，上坡下坎，还没有延伸到前面那条形似弯弓的土埂子，便已经在起伏的地势下湮灭不见。小路两边，不是丘陵的坡坎，就是竹林或坟地，一边是树丛和灌木茂密的小坡地，一边是一两米的高坎，高坎之下是形状各异的梯田，途中还要经过一个偌大的养鱼堰塘。除了狭窄、坎坷不平，更重要的是不安全。有时晚归的乡邻在草丛中惊起烤了一天太阳的大蛇，有时夜归的人被路上的坑洼绊倒，落下终身残疾；阴雨路滑的时候，摔跤更是家常便饭。乡下人皮实，摔在路面上，脏了衣服，爬起来就是。有一年，连续多人摔进堰塘，好在都发生在白天，救助及时，没有出人命。后来，一个喝喜酒夜归的乡邻一脚踩空，面朝下摔到稻田里，坡坎太高惯性太大，不足十厘米的稻田水，就要了他的性命。

我的老家就在这狭长地带的大西头。二十六年前，正处在恋爱中的年轻人，彼此想着法儿展示各自的长处，包括学习成绩、兴趣爱好、为人处世、交友言谈等等。可是这样一条路，却让我有些惭愧。那天，这条小路给了他一份重重的见面礼，还没有走到我父亲家，他的一双凉鞋竟被小路给削掉了鞋底。他索性赤着脚。民间把未婚女婿称作“毛脚女婿”，他倒好，直接把自己升级成了“赤脚女婿”。幸好我父亲的脚跟他的差不多大，递给他一双塑料拖鞋，才在随后前来看热闹的亲戚邻居面前免除了一场大笑话。

他当时不知道，这条路是我们去大兴镇读初中，去璧山中学读高中必经的路。我们已经习惯在这条小路上穿行，天气晴朗的时候，我们能行走如风。唯一艰难的是落雨天气，道路的泥泞程度让我经常对镜面上的跳蚤产生毫无原则的同情，刚刚跨出左脚，左脚朝前滑，右脚还没有拔出来，就同时开始朝后面溜，两只脚无法协调，不时来个大劈叉，在我们新换的鞋子裤子上沾满黄泥巴。好在那时候，除了镇上的孩子不受这种冤枉气，农村孩子的上学道路都大同小异，彼此并不诧异和难堪。

那时候改革开放已进行了十多年，农村到处都发生着翻天覆地的变化，该种的种，该收的收，一片丰收景象。只有我们的小村庄动静不大，步履缓慢。房前屋后，满坡满谷地的柑橘，运不出去，贩子又不来光顾，全靠村民一筐一筐挑出去，才能到镇上或者进县城换几个零花钱。村子里大多数青壮劳力都到南方城市或稍近一点的重庆市区打工，有限的农田开始荒芜——那是二十世纪九十年代初，之后三四年才在报纸上出现“打工潮”的说法。今天看来，我的故乡，那片川东丘陵上当年的青壮年，是在“打工潮”出现之前的先遣队，他们为“打工潮”这个名词的诞生，做过超前的探索和务实的实践。如果不是因为考上大学，我也将是这支大军中的一个。

大学毕业，我跟随男友远离故乡，一起到江苏启东工作，来到一马平川的江海大地。那时候工资低，有时候两年回去一次，有时候四年回去一次。那条路在不知不觉中变化。新世纪到来，这条路终于拓宽了路面，修成了机耕道。在政府的规划中，这条路原计划从省道下来，东西横贯原盐井村一组后，再往前延伸四五百米，跟石鼻村孙大路连通。但是因为一农户舍不得他家几棵橘子树，不同意该路从他家的耕地上经过，这条路也就只修到了我老家屋后的竹林下。路面虽然拓宽了很多，但仍然是黏土和石头自由组合而成的泥结石路，天晴的时候可以通行架子车，雨天的时候，溜溜滑的路面让村民展示大劈叉的舞台更宽阔。时间一长，老百姓的智慧就出来了，每一辆车都沿着第一辆车碾压的车辙行进，其他地方都留给行人，天长日久，除了车轮碾压的地方，路面中间和两侧杂草丛生。这些高茂的杂草，让人和车进出都极不方便。

这样的路况又持续了十多年。外出打工和进城安家的村民更多了。丘陵上下的柑橘树多年不修枝，有的开始遭虫咬枯死，又没有年轻人嫁接改良新品种，谷地两侧绵延的柑橘树林便彻底消失了。没有了那些柑橘树林，没有了伴随我长大的柑橘酸酸甜甜的滋味儿，丘陵上下越发荒芜。夜夜枕边一片乡心，我的乡愁似乎也无从寄托了。

有了孩子之后带孩子回乡探亲，是有些尴尬和惭愧的。炎热的暑天徒步进村，小孩子没受过这种苦。出租车驾驶员嫌机耕道路面差，爬坡上坎伤车子，声称给多少钱都不载我们这几个“客”。那些擅长跑机耕道的乡村“摩的手”便应运而生，生意还挺好。第一次从 109 省道搭乘“摩的”回家，到家了孩子爸爸不下来，说让他在摩托车上再飞一会儿。他说要等确认自己的屁股还在，才敢下摩托车。摩托车一路上上下颠簸，身体突然腾空，落下来的时候，每次都得超前挪一挪，否则就落不到原来的位置上，分分钟担心一屁股摔到摩托车屁股后面坚硬的碎石泥块中间。我女儿呢，直接吓得闭上眼睛，小脸儿煞白。我呢，紧紧抓住摩托车挡板，要是摩托车后座没有那块挡板，早不知道被抛到哪个星球上去了。我摸着自己的嗓子眼儿，好半天不敢从“摩的”上下来，得给我一点儿时间，摸摸心脏是不是还在里面。

又过了几年，妹妹妹夫家的小轿车成了我们往返城乡的交通工具。这时期，遭大城市出租车司机嫌弃的机耕道上，家用小轿车开始频繁出现。每到年节，路面坑坑洼洼的地方，会有新运来的小石子铺撒在上面。这些私家车的车主，多为前些年离开农村，“混”得有些起色的原乡人。这些小轿车在七弯八拐的村路上昂首挺胸爬坡下坎，跑得很是勇猛。几次看见血气方刚的驾车人，把小轿车开出越野车的气势来。不是说私家车主们不心疼自家的车，只是因为，这偏僻的乡村深处有他们留守的老人要探望，一年一节还有他们的老祖宗必须要祭拜。平时周末得闲了，踩踩油门，车子一开进来，还可以将留守老人们精心打理的纯绿色无污染的粮食蔬菜搬运进城，放放心心地慢慢享用。

第一次乘坐妹妹驾驶的车回乡下老家，我们不需要再像从前辛苦地在泥路上一脚一脚步行，也不必在“摩的”后座上悬着一颗心“飞”，按说是欣喜也放心的，但我还是免不了担心。

车子一下省道，车轮与机耕道一接触，声音就不大一样，颠簸情况也不大同。

到家的最后一段路必经一个陡坡，陡坡上就怕溜车。印象中爱马大哈的妹妹坐在驾驶位，能不能百分百信任她，我心里没底。为了一鼓作气爬上坡，体重较大的男士自觉提前下了车。我也提前下了车。减负后的轿车加速爬坡，轰油门的声响大得有些吓人，车轮飞速运转，卷起路面的小石子又飞快甩出来，打在道路右边的岩石上噼里啪啦作响。这声响和画面令人心中悸怕。在东部平原天天开车上班七八年后，我也算是老司机了，但是没敢在回家的最后一公里路上操控过方向盘。

时光的车轮飞转到 2017 年。多雨的清明时节，老家的破旧房屋扛不住雨，父亲择日搭了梯子上房检修，到了中饭时间，帮他扶梯子的乡邻回家吃饭，他从房上下来，梯子倒了。轻微脑震荡和两手腕骨折，住院治疗，万幸无大碍。翻建旧房还是到镇上买商品房的讨论摆上桌面。到镇上买一套房子，简单又方便，但是跟土地血脉相连几十年的老头子说啥也不肯离开那片地。他一旦离开那里，我们也将从此跟那片土地再无瓜葛。这样的事实，委实难以让它成为现实。

商量的结果是修房，跟燕子衔泥筑巢相似，一砖一瓦都靠汽车从十多公里以外的地方运进来。这一公里村路从诞生起就没有承受过载重汽车的重压。为了运送建筑材料的大卡车顺利平安抵达，尤其不要在陡坡溜车，我们拜托承包人先后另行购买了五六车小石子铺在路面上。建房成本逐渐增高。机耕道的泥泞，爬坡上坎的难走，让每一样建材都增加了运费。

期间频繁往来于重庆与璧山、璧山与大兴镇船形村的乡村老家之间，一路见来凤、大鹏、丹凤、正兴、大路、丁家各地平整光滑的水泥路横贯乡村，看得我两眼直愣，真是羡慕不已。他们那一块块的葡萄园，一坡又一坡的桃树梨树，还有那公路边一排排娇艳欲滴的美人蕉，无不显示着像模像样的公路带给了他们发展的机会和美好的一切。相比，我们那里，相距并不遥远，却真是落后了。

这条路让我们为建房多付了五万多元的运费，前后修补路面又花了将近两万元。我们多想掏钱把这条路修好，像别的地方一样，但测算之后，上百万的造价让心中善念保留在心中。孩子爸爸不甘心，他说总不能一辈子都走破破烂烂的机耕道，别的村路可以白色化，这条路也应该白色化。他先后给璧山区有关领导写了两封信，很快收到有关部门的回信，回答说这条路早就列入计划，可是有关部门实地勘验之后犹豫不决，这段路造价上百万，但路两边只有十几户人家，巨额投入和服务人口不成比例。孩子爸爸再次写信，他讲报纸上说，发展不落下任何一个，只要有需要，就应该修；如果这条路能够一直修通，与其他道路形成环线，就能够沟通更多的村落、服务更多的老百姓。也许是这几封信打消了有关部门的疑虑，也许是有关部门早就在着手这项工作，总之这一次回复得很快，得到的答复是令人振奋的：根据文件精神，按照“连通断头路形成网络”优先的原则，起于 109 省道大三路段，止于石鼻村孙大路，全长一公里多的道路已列入璧山区大兴镇“四好农村路”建设项目库。

此后不久父亲打来电话告知，挖掘机已经开工了，他们要把通往石鼻村孙大路的这一段四五百米的路面先开挖出来。村长还带来了进一步的好消息，他对围观的乡邻们说：“各位父老乡亲，老头老太，还有你们的儿子媳妇、女儿女婿、大孙子大外孙们，我们大家可是逢上农村的好日子了。我们的‘四好农村路’比 109 省道的路面还要漂亮。省道是水泥混凝土路面，白花花的，大太阳下有点儿晃眼，我们新修的村路，那是沥青路面，黑油油的。还有，混凝土硬度大，汽车走在上面硬邦邦的，沥青路面比较软，汽车走在上面那是有弹性的。沥青这种材料它还有防水防腐防霉功能，你们说是不是安逸得很，巴适得很？”

这条路一贯通，岂止服务了十多家人，附近三四个村子甚至更多的老百姓都能受益。这个曾经的交通死角，终于摇身一变，成了通达之地。隔着手机屏，我仿佛听到了乡邻们快乐的笑声，看到了他们脸上的笑纹漾出花的模样。我仿佛看见曾经难于上青天的巴蜀交通，因为近年一个个山洞隧道的开通、一座座高架桥梁的修建而飞速发展起来，一张公路大网，被一双无形的大手豪横地摊开来，铺展在高低起伏重峦叠嶂的西部大地上。

乡邻们的笑声传递过来的温暖乡情，让我大半夜没睡着，我大西南的老家终于也可以跟东部大平原一样。假使有朋友驾车远道来访，错过了省道与村道的岔路口，我可以自豪地告诉他，错过了从东北方向抵达罗马，不必担心不用回头，继续在省道上向前行，土地爷热诚邀您多欣赏几公里独具特色的丘陵风光后，到了石鼻村路口再下省道，您照样可以从东南角上开进罗马城。

路修好之后，不少一度任由房屋垮塌的人家都回来了，驻扎着童年记忆之美味的柑橘树重新生长起来，葡萄也种起来，在我们村小旧址的附近，经济效益更好的柠檬树漫山遍野都是。很快农家乐兴起，农家小院恢复了昔日的欢声笑语。就在去年，大兴镇和璧山之间一个隧道打通，曾经山重水复的盘山公路，钻个山洞隧道只消几分钟车程，偏僻的农家成了城市的近郊。

七十岁的老父亲经常坐着免费的班车进城卖菜，他说是为赚几个零花钱，实际是去看景看热闹的。看跳广场舞的人群，逛各式各样、各种功能的公园。璧山有三十多个公园，所有的公园都免费，天天都那么热闹。秀湖公园的公厕修得古色古香，不仅漂亮上档次，又功能齐全，各样设施充满了人性关怀，不止一回在央视亮相，也难怪曾经有人到漂亮的公共厕所问有没有小吃卖。

这些年，只要有机会我就会乘飞机或者坐高铁回去住上几天。那是个空气新鲜、阳光透明的好地方。那也是种什么出什么，出什么什么都可口的地方。有一年孩子爸爸采风经过璧山，带回一个鼓鼓囊囊的编织袋，我以为是啥宝贝，打开来，是我父亲种的大白萝卜。有朋友来访，调侃说，你们家的冰箱真高档，冷藏室里珍藏满中国大萝卜。那一阵，顿顿吃，天天吃，连吃了十天都吃不厌。等退休，我大概会选择在那里长期居住。中国人都讲究叶落归根。乡愁也很挑剔的，故乡的吸引力，不仅仅是一种存在，更是因为故乡变得越来越美好。

风过潇湘馆

曾经多少年，繁华大上海披一袭神秘纱衣，占据着一个西部内陆女孩对远方的向往。孰知成年后，定居之地竟与它隔江相望。数载相看不厌之后，那件纱衣终化作漂亮的云彩飘走。她才惊觉，在青浦区淀山湖畔，还有上海大观园这样一个幽静雅致的去处。读过《红楼梦》的人，尤其是“红迷”们，深深沉浸于曹雪芹文笔才华的渲染，个个心中都有一个大观园。这个大观园，想必是任何匠师们都难以仿建得完美的。

竹林掩映的栊翠庵，清幽简朴的稻香村，室内陈设高雅的秋爽斋，多个景点都一带而过，未作细看。对于内置较多芭蕉海棠的怡红院，多了些打量。房中宝玉、黛玉等人围桌吟诗作对的蜡像，神情逼真，让人立马有了穿越时空，亲见了这群才子佳人诗书生活的现场感。绛云轩中，刘姥姥醉卧怡红院照过的大穿衣镜，立于东西厢房之间。宝玉卧室内，饰以云南海棠、牡丹等花卉图案的红木大床，帐幔低垂，花团锦簇。床前刘姥姥醉卧醒来，袭人叮咛告诫她千万莫将醉卧宝玉房中一事说将出去的蜡像形神毕肖。这个身份卑微的老人，在大观园所制造的欢笑场景，由此一幕幕涌现在眼前。

此番游览大观园的“方略”为同行小丫头的任性所操控，路线有些混乱，景点先后也有些杂乱，毫无章法可言。时令在春节，园中除了少量梅树正在花开花落，其他大多是落叶树，只有秃秃的枝干。园中除建筑之外，茂密的竹林是最常见的景致。湖水中，此时无荷可赏，一湖碧水，平静如镜。只九曲桥附近，绿树成林，绿叶如云，静影清晰倒映于湖水中，让人顿生歇足于此的心思。回顾游览行程，总体感觉园中建筑与景观的确都按小说描述构筑，既有皇家园林的大气，又有江南园林的秀美，穿行其中，情绪缓适。然而行程过半，总感觉还没入境，直到走进潇湘馆。

先前到过一个门楣上没有匾额的三开间，正对大门是颇有些排场的贾母专座，座前左右两侧，几案座椅整齐排列。西厢是专供游人模拟小说中写诗作画情景拍照之地。走进东厢房，梳妆台、镜子、雕花红木床及床上被褥都显示，这里必是贾府某个有身份的女眷歇宿之地。房中一应物品让人无端就觉得，它们全笼着那个以泪还愿的女子的气息。安排在贾母身侧、以示特别护佑的女眷，必是林黛玉无疑了。抬头之际，果然见提示牌上写着：黛玉梳妆歇息之处。立时，脑中两个声音响起：一个隐隐在说，这里啥也不是；另一个却在颤巍巍地提醒，别走过去照那面镜子，因为你会在镜子里清清楚楚看见她泪光盈盈的眼，楚楚可怜的脸！你为她这副模样伤情了多少年。如今，你还想再次看见？还有，别再去仔细看床上，那显得有些单薄的绣有蓝底白花被面的被褥，里面藏着她病态的娇弱之躯——那也是你，自从知道《红楼梦》里有个她，便心痛至今难以释怀的所在。此时此境的一个普通游览者，我，似乎进入了一个梦魇：只觉得房中尽是黛玉的气息，她就站在我身旁，此刻正好奇、忧伤、怜惜，又了然一切地看着我，正如我这样地凝想于她。

默默退出东厢房的门，低着头，不敢抬眼再看向梳妆台、镜面和那张雕花红木大床。

从栊翠庵、怡红院开始，不管室内室外景致如何，都不再举起手机拍照，到这里依旧如此。在有些人的意识里，大观园中群芳争艳，金陵十二钗生活过，丫鬟长工生活过，他们一众人等精魂还在，一定游弋于其中，不忍离去。为了自己的运势少些波折，宁可信之，只把风景都存于大脑。

时而穿行时而绕行，游弋、徜徉一番才发现，主要景点都已至，唯独心中一直挂着，却也不愿早早去光顾的潇湘馆还没去。寻到近处的指示牌一看，正有一个向右的箭头指向潇湘馆。于是侧身往右，行不多久，就见一组建筑掩映在丛林茂竹之中。见一统三小间，用落地花罩所隔的“秀玉轩”，是黛玉吟诗下棋会客的地方。匾额书“梨花春雨”的，是她操琴、读书之处，内设红木仿竹形的整套家具，中间摆放香妃榻一只。西室中陈列黛玉的葬花用具。

向东行，见到“有凤来仪”匾额，知道我们已经来到本组建筑的主屋，呼吸格外紧张和急促起来，心跳得有些混乱。透过窗户看屋内陈设，知道西间是丫鬟紫鹃、雪雁的房间，东间即是黛玉卧室。心中揣测：匠师、设计者会如何谋划和安排此房间呢？无论何种安排与谋划，总是避不开让入情入境的游览者睹物伤怀吧。

心下如此一想，心脏紧缩，侧着身子，脚步犹疑畏惧地向东移动。过正门没有停下，因为不想、也不敢走进门去凝视里面的陈设布置，意识中我所心疼心爱又心惜的她，一定在里面，每一寸家具物件上都有她的气息。她是那样的对世间人、对世间情伤心绝望、短命而去！同行的小女娃儿也是甚为喜欢《红楼梦》、十几岁就将它读了数遍。此时，也跟我差不多的心态吧，步伐明显慢下来，大大缩短了与我的距离，几乎紧挨着走在我的前面。行至东厢房的窗户跟前，我还没来得及鼓起勇气往里看，她陡然转身，紧握住我的手臂，急促惊慌地冒出一句：“哎——，吓我一大跳！”

眼睛惶惶地望向我，稍微定定神后才又返身继续走。她的反应让我心跳怦然加快，我明白，她一定看见了我所害怕见到的景象。我不敢抬高眼皮，只趁她紧握住我手臂的瞬间，目光透过她的肩，以闪电般的速度向屋内浅浅地瞟了一下。模糊的印象是，房内梳妆台镜、坐凳、雕花红木床、罗帐、蓝花被褥，都类似于先前看过那一间的布置，唯一不同的、让我再也不忍往房里看第二次的，是雕花红木床上，黛玉削瘦如柴、蓝花被褥盖至腰间，正在欠起半个身子，以手帕掩口作痛苦咳嗽状。造型栩栩如生的蜡像，与那气若游丝、命悬一线、生气渐无的真人，你能说哪一个更像黛玉吗？不想把心中抑郁的感觉和那些陈年的忧伤再传给这个受到惊吓的小丫头，我不说话，不作任何声响，尽量平和地眼睛望向她的肩，手抚着她的臂，半推着她，几步便快速走过了东厢房的窗外。

东边又是一片竹林，林中有小径迂回，竹园后有树木假山平台。目光触及这些物象，内心的颤抖、情绪的起伏，渐渐得以平复。我站在一丛竹林下，望着那“有凤来仪”匾额。小丫头也站那儿不说话，一忽儿东瞅西望，一忽儿定神想自己的心事。无独有偶，广播里，正在播放那首凄婉哀绝的歌曲《葬花吟》。瞬时，在那“花谢花飞飞满天，红消香断有谁怜”的花雨迷雾中，我的眼中心中，再也无法保持一隅干燥的角落。小丫头毕竟年轻，稍事调整了一下情绪后，就在这凄婉哀绝的旋律在大观园的角角落落回旋飘荡时，一个人不声不响折了回去，由东向西，重新走到东厢房的窗外，干脆伫立窗前，安安静静地朝里看了一阵，才又径自向西，将刚才的路返身重走了一遍。不需要问，我知道，她是一个情感丰富且理智的女孩，她已经克服了恐惧，她对《红楼梦》中人、事、物、情、景、语，几乎每一项都那样的感兴趣，她肯定不愿意错过仔细游览潇湘馆中陈设布局的机会。既已来此一游，她必须给自己一个明确清晰的答案。在模糊泪光中我远远看见她的身影，不禁为她的成长生出一丝欣悦。

相比之下，我这年长者似乎显得怯懦。我重新走到窗前，将那房内景象仔细看了一回，战胜恐惧心理。《红楼梦》这个经典作品里的某些人物，在我的生命意识中，早已不是文学作品里单纯的人物形象。不去细看，除了发自内心真的害怕亲见黛玉斜靠床上咳嗽吐血的场景，还真的害怕她多愁善感、多病多思的魂灵，被我这曾经与她一样忧忧郁郁度过了许多青春年华的女子又吸附了去，融入了去，从此心之眼总对准那些不愉悦的角角落落，重新堕入忧伤不能自拔的阴暗之河。

回想童年少年时光，在校念书还能有活泼的一面，回到家可以沉默到三天不说两句话。读初中二年级时，在电视剧里第一次见到了那个多愁善感又多病的“林妹妹”。本就与子女聚少离多的母亲，成天看不见女儿有一张笑脸，借着电视训诫我：“你这样一天到晚忧忧愁愁的，像个林妹妹一样！林妹妹再有才又咋样，愁出来一身病！”

家庭的穷苦不幸、父母的严重不和，让一颗童心好似戴上了沉沉的镣铐，我选择性听不见母亲话语中的责怪和警醒，一如寻常，独自向隅，动辄泪水肆意。

后来，牵手的另一半同样来自清贫人家，连最简朴的婚礼都须省略的我们，背井离乡，在与上海一江之隔的渔村白手起家。是我眼前这个小丫头，她来到这个世界后，那天真的眼神、灿烂的笑脸、亲昵的呼喊，如同春末夏初舒心宜人的清风，帮助我催开层层阴霾，柔化了僵硬的面容。

我，终得与我身上那个惺惺相惜的“林妹妹”渐渐剥离。一个人的情感与心路，可以走过怎样的崎岖与百转千回？我诞下了一个新生命，而这新生命反过来催生出一个新我，天下有多少母女或母子，都是这般相互诞生的？

许多年后，在一个叫作大观园、叫作潇湘馆的地方，看着正值青春的女儿，以今天这样的方式，与那个曾经长时间顽固“寄生”于我身上的形象相遇，万千感慨，怎么写似乎都不过分，怎么写似乎都不过瘾。生活不只有诗意和远方。年少时父母离异带来的恐惧伤心，相比起成人世界所能触及的那些假与丑，如果后者的伤害尚可选择原谅，前者还有什么不可宽宥。

笔意至此，泪水再次肆意。兴许是对那个女子最后一次伤情的悲悼，也是与过去的自己作彻底的告别。

与女儿一道走出大观园时，徐徐转身回望，冬天的气息在园中四处游窜，春天正踮起脚尖从远方赶来。

（原载《雪莲》杂志 2019 年第 5 期）

目睹一只黑母鸡的修行

去野外逛一逛，是我每次离开故乡前的必修功课。

穿过竹林便是一个堰塘，沿着堰塘堤继续往前走，是一条散落的头帕样的小路。沿着路继续往前走，便是一片荒草丘陵坡地。坡地的下面是一条小河，河堤边又是一片竹林。竹林的旁边，不知谁家种的芝麻，望去绿莹莹一片，招人喜爱。我点开手机，拍下留作了纪念。

这一片密植的芝麻一米来高，果实和白色小花搭着梯子一般次第向上。这样清新的小景，不留到相册里是件令人遗憾的事情。在我拍照的过程中，我的目光却禁不住“移情别恋”，被竹丛下一只专心刨食的黑母鸡给吸引了。

我还从未见过单独的一只母鸡会跑出住家的院子，在距千米之外的地方觅食，即使有大公鸡领着，也很少见跑到这片地来的。鸡这种家禽胆小，它们以主人家为圆心，活动半径基本固定。我们其实知道这只鸡的主人是谁。邻近四五户人家，就他们家养着一大群的鸡。按往常情形，这个时间段，他们家的鸡应该在院坝一角享用主人提供的食物，或者在离主人家院坝很近的果树下，悠闲地散步、消食。偶尔也会看到两只或三只母鸡脱离开群体，结伴在堂弟家猪圈旁边的地里觅食。然而这只怎样特立独行的黑母鸡怎么跑到这里来了呢？

担心再靠近会吓跑它，我与同伴走到半途停下来，轻声议论它。

它一身纯黑的羽毛，不像通常所见母鸡的臃肿，也不是饿得精瘦那种。我们在它的右后方，它背对着我们，一会儿低头啄食，一会儿抬起头看着周围，同时爪子有力地划拉地面，很有规律地一低头一抬头，似乎根本顾不上我们的存在。记忆中的鸡，只要看见有人向它靠近，就会机敏地将头歪向哪个方向、身子一侧，两只爪子带着它的身躯迅速往旁边转移；要是你恶作剧去抓它，它立马“咯咯咯咯”发出愤怒的抗议，并迅疾逃开，甚或翅膀一扇，“噗噗噗噗”原地起飞，能飞多高飞多高，能扑腾多远扑腾多远，反正离你越远，它惶恐的心神才越容易安定下来。所谓“鸡飞狗跳”，正是这番景象。可见鸡是有多害怕人类。眼前这只，真是特例。我继续向前，距它不足一米远，跨一步我就可以上前摸摸它那一身纯黑的羽毛，或者捉住它，但我再次停了下来，不想以绝对优势的武力征服它，也不想惊吓到它。

竹林地势较高，我们所站立的位置在沟坎上，身旁的一块梯田没了水稻的踪影，一坡梯土大多荒芜，中间是一条干枯的水沟。我无从了解这条水沟已经有多少年月没派上过用场，宽宽绰绰一条沟，已经不太能看出沟的形制，被腐叶枯草填塞了。这个沉积的腐质层，因为连续的日晒抽走了水分，不至于太重，鸡爪子一划，就被扒开一块见了天日。这下面藏有多少美食等着这只幸运的黑母鸡，只有它自己心知。

我为这只鸡拍视频。这回我清楚地看见，它抬起头时，右眼朝我们瞟了一下。我以为接下来会像自己儿时所见那样，它至少会歪着头看我们一会儿，作出警觉的样子来，或者看我们一眼后，喉咙里警惕地发出两声低沉的“咯——咯——”声，既像表示怀疑，又像是在抗议，很快又宣布抗议无效，开始撤离，走几步，又心有不甘似的偏回头看看，眼睛眨巴眨巴，眼珠瞅瞅我们。意想不到的是，它低下头去继续啄食，没有一点儿慌张的样子。有时它左右爪子各扒拉一下交错堆叠的腐叶，有时仅用一只爪子潇洒地扒拉一下。每次轻巧一划，新扒拉开的竹叶基本上恰好掩盖住前一次露出来的地面。见它如此的专注执着，不由得操心它都寻到了怎样的美食，享用起来滋味如何。

我们所处的位置，让我可以达成最初的心意：给芝麻地拍个群体照，给旁边最中意的两棵芝麻拍单株写真照。抬眼远望，小河两岸坡上坎下的竹林和各种树，已经繁茂到可以隔着河枝叶相触相挽了。一众风景收入相机，丝毫没有影响到一步之外专心觅食的黑母鸡。我忍不住又把手机对准了它，这回，为它拍两张照片吧。我拍我的，它吃它的——从我们发现它，一刻钟时间过去了，它没有像通常所见的母鸡那样，中途昂起头左瞅瞅右瞄瞄，然后闲闲地踱两步。同时“咯咯咯”地鸣唱两声，算是中场休闲歇息，算是轻松娱乐——除了爪子划拉竹叶的轻微声响，它不发一声，不断重复着单调的刨食动作，仿佛永远都不会嫌烦嫌累。

我突然想知道它如此淡定的原因。思考半天，只找到一条理由，那就是如今这些农村散养的鸡，终其一生，大概已经遇不到捉弄它的淘气孩子，也遇不到那些名叫偷鸡贼的人来吓掉它们的魂儿。在它们眼中，人大概是喂它们吃、供它们住、守护它们的神吧。只因这样，它们才对完全陌生的人也毫不防备、毫无惧怕的吧。

回过神来，发现这只黑母鸡在那条干涸废弃的沟里，一路矢志不移地寻着食物，已经往前走出一长段距离。平时居于千山万水之外的我，无从知道，它是经常来这里，还是今天刚发现了这块美食基地。它没有同伴，是没来得及呼朋引伴，还是惬意于这样的孤独前行？只有它和它的同类知道，抑或它的同类也并不能知晓。

我以无限温柔之心，记挂一只在故乡土地上独自觅食的黑母鸡。我不知道，它会不会孤独。反正我看见了，它正以自己特立独行的方式，在完成它作为一只鸡的日常修行。

（原载《飞天》杂志 2020 年第 1 期）

智慧的鸡群

在乡村老家短暂停留两天。每次睡觉起来，从楼梯间窗户里，都能看见自由放养的鸡群。那棵比我年长不知多少岁的核桃树下，站着一只羽毛相当漂亮的大公鸡，一副“大男子”做派，不时高昂起头挺胸阔步，打着鸣，领着一群母鸡在草丛中欢快觅食。远在他乡工作生活的我，不常见它们，也不认得它们，不过可以断定它们的主人是谁。能养一群鸡鸭，还放心散养它们到周遭种有农作物或者荒芜的田地里，任其能跑多远就跑多远，全不怕被人捉了去，附近也就只有邻院的刘表叔老夫妻俩了。老两口都已是古稀之龄，但是都身轻体健。三个子女已经儿大女成人，老大家还带着他们老两口的曾孙。儿女们时不时从县城回乡下一趟，来“搬运”产自他们夫妻双手的纯绿色无污染美味食材。儿孙们的这一举动，让老两口有源源不竭的动力去奔走劳作，累也笑着，苦也甜着。

大清早，金灿灿的阳光穿过竹枝、竹叶，渗透进竹林，在林间扯开长长短短无数金色的丝线。因为枝叶的摇动、轻晃，因为视线的移动，这些金色的丝线明明灭灭间闪烁不定。夏日的乡间，清凉的早晨，身体虽然完成了与床板的分离，头颅却沉重得很。宿夜的溽热让渴睡的意识纠缠着上下眼皮，倦意似乎不肯善罢甘休，死皮赖脸霸占着大脑空间的角角落落。无意中瞥见那群活力无限的鸡，一大早就在竹林的阴凉下草丛间辛勤觅食，惺忪的睡意顿然全消。

核桃树下附近区域，上午有高茂的竹林遮蔽朝阳的直射，下午有高墙屋瓦阻挡西斜的日光，那是我们孩提时代经常光顾玩耍的地方。芭蕉树、野生洋姜、祖母的柑橘树和菜地，全都清晰地留在童年最温情的记忆里。而今，除了核桃树还高高地站在那里，祖母的柑橘树和菜地、野生洋姜，好多年前就杳无踪迹了，年年只长疏落的蒿草。高高大大的一丛芭蕉树，今夏也不见了翠绿的踪影。唯一令我宽慰的是，曾经生机一片的祖母的菜地在荒芜了许多年后，今春种上了几棵香椿树苗。最高不超过两尺的树苗，幼小得令人心生怜惜，好在近半年的雨露阳光已让它们扎下了根。纤细的干、绛红色的细小叶片，让人看到了这些小生命十足的活力。

不论清晨和午后，一片夏日的阴凉里，一棵加速走向衰老的核桃树，一片蒿草蔓生的荒地，几棵新生的小树苗，几只唱着歌自由觅食、与人与树皆无碍的鸡，面对它们，你的情绪不可能是单一的。凝神细思后发现，那只漂亮的大公鸡，和它身边一会儿低头刨食、一会儿“咕咕”唱歌的温顺的母鸡，在脑海中组成了最灵动鲜活的画面。多少年前小学语文课本里就出现过的一只到处比美的漂亮大公鸡，由此可见鸡家族的遗传基因强大得令人敬佩。眼前这只，也不知是它第几世的子孙，鲜红的鸡冠，金黄油亮的脖子，腹羽泛着黑蓝色的光，翅膀一半绛红一半金黄，尾羽高翘，颜色黑得发亮，英俊得让人心生妒意！它一忽儿低头啄两下草丛，一忽儿亮开金黄的爪子扒拉两下土坷垃，然后迅速昂起头，朝向它的伴侣们“咯咯咯咯”殷勤地招呼：它在鸡的世界里演着它的角色，尽着它的职责。在这个安宁闲散的世界一角，我不禁开始叹服，一群真正散养的鸡，也是有智慧的。它们每天在合适的时间，选择合适的地点，外出安顿着自己的生活，尽管它们脑子里早已留下关于场坝里主人喂食的条件反射或者说记忆。它们的主人每天至少会两次提供给它们足以充饥果腹甚至填饱嗉囊的粮食。说它们理解主人的美食意图，当然是很滑稽的事情，却不由得我如此去想。它们似乎真的明白：主人给它们无限的快乐和自由，更是希望它们外出多觅点嫩草尖、草籽、虫子等等各式各样的杂食来吃吃，那样它们的筋骨就会更强健，它们的肉身就会受到老人儿孙们更多的青睐，他们二人也会因此得到儿孙更多的光顾和喜爱。

（原载《翠苑》杂志 2019 年第 3 期）

执念和懂得

对于多肉植物的歉意，始于好多年前，那时还没有掀起多肉种植热。

学校附近有个马路菜场。菜场尽头，每到落日黄昏，常会停下一辆卖盆栽的电三轮。身量高的绿植花卉和紧贴花盆的多肉植物挤满了狭小的车厢。车身前面的地面上，还摆着三两排精致的盆栽。熙来攘往的行人，少有为那辆三轮车和那些植物停下脚步。不过我想，生意一定是有的，否则卖盆栽的人不可能常来。

那卖盆栽的中年男子，总是木然坐于小矮凳上，目光平视前方，不知是在盯着一车绿植，还是在凝望远处发呆。从穿着上看，近似于居民小区中常见的修剪花枝草坪的花匠。

不管是在管理规范的农贸市场，还是在秩序混乱的马路菜场，面对一脸风霜的卖菜老人，我的同情心常会四下散溢，我觉得我是责无旁贷的买主，买，尽量买，只有买完或多买点，脸上刻满风霜的老人才能早点儿回家。

买买买，光顾着买，常常忘记了自己一家三口消耗有限，买回远远超出需要量的蔬菜。为此，受到过家人数次抱怨。后来家人习惯了，每次买多了回去，他们都知道我给他们带回去的是足够的爱心和善良。

这个沉默木然的中年男人，一脸愁容，眉眼间堆满疲惫。我的恻隐之心顿时无处躲藏，搁下手指头上挂着的四五个装满蔬菜的塑料袋，在中年男人的建议下，选了三小盆“最好养活”的多肉植物。当时家中孩子中考已近，需要亲自细心关照；作为一名人民教师，校园里还有几十个中学生，也是我的教育服务对象。忙碌是不可避免的。家里原有那几盆绿植，大体上一直都是孩子爸爸在管理。闲暇时松土、浇水、剪枝或移栽，俨然尽职尽责，这些“正事”完成之后，留下一阳台地面的泥、水或枝叶，甚至湿漉漉的泥脚印，需要花费并不少于那些“正事”的精力和耐心去处理干净。听同事说，多肉是最好养活的植物，十天半月浇浇水就可以，即使我忙得顾不上它们，也不至于谋杀了它们。于是动了念，兴冲冲请了它们归家：两盆安置于家中阳台，一盆随我到了办公室，摆到了办公桌上。

对这三盆多肉植物的种养方法，没时间精力和渠道去查阅和打听更多。为了不给孩子爸爸增加负担，我把同事的话原封不动转述给他，心想不管他有没有时间打理，只要不时随手浇上一点儿水，它们便能生机盎然、蓬蓬勃勃。

家里的两盆被我安置好后，起初我的目光偶尔还能扫过，不久，我就基本把它们忘记了——我还有更多、更重要的生命要去忙碌和关照呢。办公桌上的一盆，拿起水杯喝水时，偶尔将杯中凉水施与了它。眼睛在书本试卷作业堆里鏖战的人，那蓝绿色肉肉的叶片，清新养眼。

大概过了半年，某天在阳台晾衣服，不经意瞥见这两盆多肉，顿时心头生起无边无际的懊恼。它们已形容枯槁，零落不堪。丢开衣服，蹲下身子，仔细观察，伸出手指去触探。一盆形似莲花的多肉，外围叶片纷纷脱落，另一盆窄小敦实的多肉叶片也已变得蔫巴、柔软。

心想完了完了，一定是长期不曾光顾，缺水了。从那一天开始，我坚持三两天给它们浇一次水。我得拯救它们，毕竟是我决定把它们请回来的。

可是，不知道是它们无法接受我骤然升温的热情，还是报复我一度冷落它们的无情，那盆莲花般大大小小的叶瓣，一片片解体散开在泥面上；另一盆枯干的肉身萎于花盆底部，如同晾在绳子上发蔫的腌菜。两盆多肉均已无可挽救。

办公桌上的一盆，在初尝到它渐长渐高大的一丝喜悦之后，便迎来了一个酷热的暑假。待到九月开学，经过两个月炎夏的孤寂幽囚，也一命归西。抚摸曾经挺括丰润、生机无限的叶片瘫软在泥面上，心疼得想回看一下我刚遇见它们时的模样。掏出手机，才发现它们的旧模样只留在已经废弃的旧手机里。它们的形象，自此永远封存于大脑中。我不清楚，如果它们再长下去，会有多好看，开花的一旦开了，又会有多美。我也不清楚，它们的夭亡，相隔于它们生命的娇媚或妖艳，还有多少光年的距离。

此后多年，我不再侍弄多肉植物。直到最近一个春天，朋友邀约去参观本地最大的多肉培植园。行前，怀着漠视了它们渺小生命的歉意，凭着它们留在我心底的难以磨灭的印象，在网上做一番急急切切的功课。“度娘”让我的眼睛再次看见了它们的模样，我曾经的多肉伙伴，它们的名字分别叫乙女心、蓝石莲和冬美人。久久凝望那几张图片，如果可以，我为它们在多肉界或植物王国里树碑立传的心都有。

偌大的塑料大棚将阴冷的倒春寒挡在多肉植物园外面，进了门放眼一望，满室姹紫嫣红、姿态万千。我居住的这座小城日益美好宜居，每年凝神回看，都可以留下不一样的深刻感受。第一次领略多肉植物界的美丽辉煌，震撼之心是掩抑不住的。从震撼中醒来，顿感这满园高高低低大大小小的每一株植物，都是有灵性的。这一刻，因我溺爱或怠慢而无意谋杀过它们小小同类的心，不只是愧意满怀，而是罪意沉沉了。

园主给我们上了一堂“度娘”无法企及的多肉植物课。这个园中有四百多个种类的多肉植物，主供网络销售。多肉植物的流行，跟人们的追求有关，大部分绿植最好看的季节在春夏两季，而多肉植物一年四季都美，甚至越到冬天越美丽，虽然有些品种夏季会变丑，但是秋天一到马上又美回来了。

走过那些或清新或妖娆的多肉植物，我叹之惜之的同时，眼睛一刻也没有停止左右逡巡，寻找我熟悉的那三道身形。园主的殷勤介绍，加上我预先做的功课，让我第一次真正走近了神奇而又迷人的多肉家族，像一个精神分析师，真正地去破译它们的生命密码。

无须踏破铁鞋，我很快发现了曾在我家阳台上“闪存”过的一种多肉植株——乙女心。依旧是窄小的淡绿色叶片，其貌不扬，叶尖微微带点粉红色。园主告诉我，寻常普通的乙女心，“目前只能欣赏到叶尖微露的粉色。如果你来得刚好，你还能欣赏到乙女心绽开漂亮的黄色簇状花。假如你觉得盆里的乙女心一板一眼朝上生长略显单调，想要改变一下造型，举手之劳就可以——只需适当增加浇水频率，水分过多，它会不停长高，最终转为垂吊型。”

很快我又找到了曾在我家阳台“闪存”过的另一种多肉植物：蓝石莲。眼前的蓝石莲，植株和叶片都比早夭在我家阳台的那株大了好几轮，叶片或自由铺展，或密集丛生争相向上，大多具备莲花的风神与韵致，而那挺括厚实的叶片，又比那塘中莲花更见精神。非常特别的蓝色叶片，闪着蓬勃的生命之光，紧逼我不敢久久直视它的目光。脑中闪出一幅美丽的网络图片来：叶片铺满盆的蓝石莲，高高的花茎上一串明艳却清新的黄红色花朵，正在盛放。园主介绍，蓝石莲养殖的关键在浇水上，必须等到盆中的土壤干透后再浇，夏天需要遮阴，并控制浇水，它一般在夏天开花。

这些养护知识，我现在才知道。盛夏艳阳下，我家阳台上曾经的那株可怜巴巴娇小的蓝石莲，它一定无数次在我脚边控诉过我的愚昧颟顸，只是我无知蒙昧的心听不见罢了。一个残杀它的凶手，居然还曾经梦想它为自己开出美丽灿然的花朵来，不知它是否讥笑过我的妄念。

此行似乎是来面对自己的罪愆，我终于走到被我请到办公桌上陪伴了我一年多的“冬美人”的同类面前。它跟桃美人长得那么像，却不像桃美人那么娇气。它叫冬美人，也叫东美人，环状排列的匙形叶片肥厚光滑，颜色蓝绿色至灰白色。园主告诉过我，阳光充足时它的叶片顶端和叶心会轻微粉红。初夏时节开花，花杆很高，花朵红色，倒钟形。它美得如此大气，是名副其实的“美人”。它喜温暖、干燥和光照充足的环境，夏季都可以全日照。我却长久将它幽囚在办公桌上，仅有那么一两次，将它捧到窗台上跟阳光碰了碰面。

需要遮阴的，炎阳之下我任由它们在阳台上暴晒不管不顾，而需要充足光照的，我却让它陷入漫长的幽囚。说是无心的戕害，其实与刻意的伤害又隔着几层纸的距离？明知那时连自己的身体都没时间照料好，更无精力去照料它，只为满足那恻隐之心，只因那闪念的喜爱，硬是将它纳入自己的掌控。面对一园蓬勃的多肉植物，我愧悔地低下头：不懂怎样去爱它护它，只是执念于去爱它，那每时每刻一举一动的后果都可能不是爱，而是彻骨的伤害。

好在如今是各样信息皆可方便获取的时代，好在有眼前这个精通多肉养护又热心热肠的园主。我又选了两盆请回家中。我预感捧在手上、叶片纤细的朱红色的多肉，定然会在我的阳台上生机勃发，在丽日蓝天下，与小区里日益繁茂的绿树青竹和应季开放的各色花卉，遥相呼应，熠熠生辉。

（原载《青岛文学》2020 年第 5 期）

野果在途

在故乡西北三十公里处的云雾山上，有一处被誉为“川东小九寨”的美丽去处。这里植被繁茂，青翠可人。冬日寂静的山野，空气跟滤过一样好。我们一行五人，行走在山野的林间小路。我和身边的小伙伴兴致颇高。稀奇古怪的植物，摧毁我们平时的矜持，泛滥的好奇心不时缠住我们的脚步。我们在山野间弯来拐去，不断前行，奔着一棵名气响亮的龙头树而去。

山坡沟谷走了一阵，我们上了一条宽度可以通行一辆汽车的硬结石路。相对于落叶沉积的山间小路，这当然算得上大路了。行不多久，我俩不约而同停下脚步，我们又发现了新大陆：路边灌木丛中不起眼的植株上，枝杈间缀着一个个精致可爱的小球，纯色的，很像浓缩版的排球；而那些带青绿色条纹的，极像迷你版的小西瓜。麦哲伦的感受我们没体验过，但打量看它们，我俩的惊异却是一样的。

但这陌生的物种，植株的茎与枝，跟辣椒植株的粗细接近，不过辣椒茎与枝都尽力挺直向上伸展，而它的茎和枝却横向发展，平行于地面，有的干脆匍匐在地面杂草上。冬春之交，泛黄的叶子枯败零落将尽，一枚枚球状果实特别打眼。白底加青绿条状花纹的果子尤其可爱，要是带它们去西瓜地历一回险，它们一定会在“大人国”惊讶得如同此刻的我们，瞪着绿豆眼，张着合不拢的嘴。西瓜因为体型庞大显出一些笨拙之态，猛然看去，并无多少视觉美感，它们却精致小巧耐看，伸出手指触摸，表皮光滑，却没有西瓜的硬度。

放眼这荒僻的山野，摘个野果验看一下，顺便把玩把玩，应该不算逾矩。捏住果子，三个指头收紧，以为顺势轻轻往外一拉扯，它就立马成为掌中物。然而，我想错了，根本扯不下来。试着朝其他方向用力掰扯，还是失败。就在你刚往其他方向用力时，你已被它刺疼了，不得不缩回手来仔细查看它。你得很小心，注意不要碰到茎和枝上的刺，就连果实和枝的衔接物——短短的蒂上也有刺人的硬毛。

我不甘心，再次伸手去掰扯。向左向右，朝上朝下。手指上不敢太用力，怕捏坏它。还真没遇到过，一株不起眼的植物，如此宝贝自己的果实。摘它一个果子，简直是在跟它抢东西，鏖战了半天采不下来，心底险些对它生出一缕怨气。一急，又被刺到，哎哟叫了一声，缩回手。

同行的小伙伴，运气不比我好。没摘下来果子，她一转身，发现近旁还有一棵同类，只是身形矮小些，植株上还有几片青绿叶子。她率先观察到，这种植物的叶子上，也有长长尖尖的刺。经她一提醒，我忍不住惊叹一声，注意力也转到叶子上。小心翼翼地捏住一片叶子的边缘，将它轻轻掀起，果然，连背面也生尖刺。我忍不住脱口而出我的嘲讽和愤愤不平：“这到底是一种什么植物呀？除了果实是光滑的，浑身上下，没有一处不带刺！浑身用武器把自己武装到牙齿。它对这个世界是有多恨啊？”

我再一次伸出手。我越发想知道，光滑的果实里面，究竟会包藏些什么内容。

小伙伴也诉苦了："我都被它刺到了！还是摘不下来。"

我没回她话，心想：看我的。我指腹夹紧那果实，比前两次加大了力度左右摇晃拉扯。在我的坚持下，有个指腹上隐隐感到果子被压瘪进去一小块的感觉，我赶紧住了手。虽然很想看看果实里面什么样子，却极不希望它摘下来之前就被损坏。那么可爱的小东西，完完整整握在手上，仔细观赏，美美把玩，那感觉是很诱惑人的。在一株陌生植物跟前，我进退维谷，呆立如木桩。扪心自问，大春节的回一趟故乡，不向人语喧喧、烟火俗世里去，偏向这寂寂山林深处来，我是将一腔对故土山水思念的苦涩与甜蜜，严严实实捂满一怀的。脆弱的情绪有些受伤，无端地委屈。

身旁的小姑娘正当花季，学习的压力，以及与家人沟通交流不畅所累积下来的情绪对抗，使她的寡言少语跟年龄不相称，表情绷得比成年人还老气，近年每相聚一次都越发难得见到她的笑容，听到她的笑声。自打闯进这青山碧水间，她的表情已经活泛多了。试想，自然的山野，每一样生命都是鲜活的，每一丝空气都是清新的，没有旧知识的反复记忆，没有旧题型的重复练习；老师的告诫，老妈的絮叨都淡出这个世界，迎接她的是全身心地自由和放松。她的胸怀和骨骼，定然被这山野浸润。

此刻她默无声息，静立我身侧。我似乎又窥见了她的常态。我的执念，我缩回手的遗憾，好像也被她看穿。她又把手伸出去了。

摩挲了一阵，她终于摘下了果子，摊在手心展览给我看——遗憾的是并非完整摘下。她先掰扯下一半果实，再用力，又掰下果实的一部分，——只是一部分，因为仍有一小块坚决留在蒂上，不愿跟母体分离。我看到了白色果肉，以及褐黄色和黑褐色的种子，类似于茄子切开后见到的芝麻粒大小的籽粒，不过这些种子并不散布在果肉中，而是聚在中心成为一团。

小姑娘一边掰扯一边惋惜地说着："你看，摘不下来完整的，摘下来，它就坏了……"

我已经预感到了这个结果，所以我住了手。这奇怪的植物，浑身长满刺的植物，霸道的植物，它留住果实的愿望有多强烈？！如果留不住了，宁可玉碎。它的世界如此不欢迎强力。

我看见了果实里面的真相，且这好看的果实并不是亲自损毁在我手上，心里似乎维持住了一种平衡，少了一份遗憾难过。然而，眼睛直勾勾看着小姑娘的指尖捻着扯成块的果肉，和那一团凝聚在一起的种子，很想要过来，也在指间捻一捻，求得最直接的感受，最终没好意思开口。于是另一种遗憾伴随我离开山野，一直留到更悠远的岁月里。

通过手机小程序，我们寻得它的芳名：喀西茄。别称还很多，苦颠茄、刺天茄、天茄子、苦茄子等。是中国植物图谱数据库收录的有毒植物，喜欢生长在海拔 1300—2300 米的沟边、路边灌丛、荒地、草坡或疏林中，可以长到一至两米高。

我们在大路上继续往前走的过程中，先后又遇到几株高矮悬殊、体型大小不一的喀西茄。有歪倒在路边的，光秃秃的植株上挂满黄色小球，它已经处于整株老熟的状态，先前应该是枝繁叶茂、蓬蓬勃勃的一株。有从路边坡地蔓延到路上来的，仍旧枝叶婆娑，枝叶间藏着已经成熟的黄色果实和一两个尚未老熟的带青绿花纹的果实。近两年它大概称得上植物界的网红，有关它的文字、图片、视频不少。其中一个视频，主播带人们认识一种叫喀西茄的不常见物种，他用三个手指捏住果子后，逆时针大致转了一圈，圆咕隆咚的果子，轻轻松松就到他手上了，完整无缺。不由得令人叹服：内行，就是不一样。

我们更进一步了解到喀西茄全株有毒，未成熟的果实毒性更大，人和家畜误食可以引起中毒。身上如果被它的刺扎了，会又痒又痛。它虽然有毒，却是济世的良药，根、叶、果和籽都可入药。消炎解毒，镇静止痛，外用内服，方子很多。但是毕竟有毒，不遵医嘱过量服用的话，可以引起口干、吞咽困难、体温升高、瞳孔扩大、视力模糊等中毒症状，重者还会出现呼吸循环抑制，甚至呼吸衰竭而致死。

小姑娘叹道："大自然真是神奇又美妙！姨，这句话不骗人。"她的表情舒展放松，眼神流光溢彩。这样的精气神，本该是花季少女的标配，我却只在今天的山野，才有缘看到。

梳理对这种奇特植物的所有感知，职业习惯使然，我突然从小姑娘生物课本上一个话题说起：大自然其实很讲道理，你若不了解它，即使它浑身上下的毛刺，也足以吓得你转身离去；就是把它撕扯成几块，你也摘不到一个完整的果子。而对于懂它的人，果子它轻易奉上；根、叶、籽都可拿去入药。它浑身的武器，非但不是与这世间的对峙和恨意，反而每一茎一枝一叶都充盈温情和善意。大自然界万千物种，有哪一样生来就是人之天敌，生来就是为消灭人之存在而存在的？当我们还不了解它的时候，敬畏是通往真相的路途。

小姑娘该是美丽校园中最受老师们宠溺的那种孩子，她一边专注听，一边与我交换眼神。那一刻，我欣喜地看到她的眼神光芒四射。

最终我们还是达成了最初的心愿，去观瞻了人们口口相传的龙头树——一株古罗汉松。相较于惊鸿一瞥的喀西茄，这棵名头响亮的树，倒未留下特别的印象。想想真有意思，世间有多少事情，始于明确的目的，收获却在别的事情上。

（原载《海燕》2020 年第 11 期）

独行之夜

晚上八点一过，办好入住手续。我提议走出客栈四处逛逛，更何况门外便是凤凰城妖娆的夜景。九零后同伴打开行李箱，分拣、摆放日常用品，靠在床头上，开始手机阅读，不愿意挪动身子，给出的理由是：航班劳累，汽车颠簸，要累死了，该休息啦。“至于晚餐嘛，你吃好了买点儿带上来就是。”同伴毅然决然的神情，迫使我给自己打气：冬夜独行于完全陌生的城，姐姐我是豁出去了，哪怕几十年来还是头一遭。

客栈位于回龙阁中段。目测回龙阁是一条古旧得没有多少脾气的街道，青石板路两侧已经被俗世的欲望完全占领，店铺林立，应有尽有。这里客栈居多，临近春节，部分客栈关张歇业，路灯朦胧，街上行人稀少，较多店门外挂着“今日有房”的招牌，偶有顾客出入，面目模糊。

连接回龙阁与风桥的，是一段夹在两幢楼房之间、只容两人侧身而过的狭窄小弄。小弄里灯光幽暗，冷风穿梭，地面光影斑驳。好在小弄不算太长，只有十余步，把后背上的双肩包背到胸前，大气不敢喘，急急向前奔，好像走了几个世纪，才踏上了风桥桥头。

刚才抵达的时候，在滴滴司机的指引下，穿过风桥，恰遇出门接歇店游客的客栈服务员，当时便记下了这座桥。此时，这座桥是我这个古城的黑夜闯入者开始探寻之旅的唯一据点和坐标。不管沱江有多长，在哪里拐弯分岔，也不论这座城有多大，只要返回的时候找到风桥就行。我深信：路，迷不了，哪怕在这样的夜晚。如此一想，大衣口袋里紧紧捏着手机的手指头，稍微舒展开了一些。

“拍照吗？可以帮你们选景选角度选服装，很漂亮的……”

立在桥头殷勤揽客的女子，正在询问路过的一对小情侣。我赶紧移开视线加快脚步，不去仔细看她胸前的相框和手臂上挂的花环，生怕她招揽我，生怕自己刚一出巷子，就在她跟前暴露了单身出行的“国家机密”。

风桥上建有亭，檐角飞翘，檐下红灯笼喜庆照眼。桥上热闹，所见尽是三三两两成群结队，或是一家老少三代出行。靠着桥栏或拍景，或自拍，或互拍，欢笑打趣。长凳上坐着小歇一会儿的，闲闲地说话。我混在他们中间，也举起手机拍景。风桥真是一个好地方，不管是朝上望还是往下看，都能将沱江两岸灯火辉煌的风景收入眼底。陡起的身心愉悦，让我彻底拥有了独自走下去，将古城夜色尽快收入眼中的决心和勇气。

风桥的另一头，是一块宽大的黑色照壁，刻写的是沈从文中篇小说集《凤子》中的一段选文，灯光下字迹依稀可辨。在此桥头，与其人其文相遇，毫无意外。就在离这块照壁一两米远处，一个五十岁上下的盲人，一身黑色，灯影之下面目模糊，只有二胡之乐是清晰的，一曲一曲，从《二泉映月》到《良宵》，还有其他什么曲子。从我走出小巷行至他跟前，不管是喜乐还是哀曲，每一曲都有些凄凉，使人想起阿炳，想起刘天华和其他的二胡演奏家。不知是因为他在同一个位置待得太久、人们已熟视无睹，还是所有的游客都认为自己是来旅游的，而不是来做慈善的，黑衣盲人的收入少得可怜，他面前的小盒子里，只有一些硬币和为数极少的一元两元五元纸币。他的忧伤弦乐，让我不能集中注意力多花些时间把照壁上的文字辨读下去。很想拉开背包的拉链，取出钱包，挑一张面值稍微大点儿的钞票，放进他面前的盒子里，却马上警惕地转念：自己取钱包掏钞票的过程，会不会被旁人看在眼里？眼前这个演奏着伤感乐曲的可怜人，他是否真的看不见？会不会有人据此就察觉出我这个善良的捐钱人，竟然是一个人在陌生的城里游走？为了规避可能的危险，我赶紧转身下桥，行至江边。

淡季的缘故，此刻的沱江边，游人疏落，十分安静。偶尔一串脚步声响，从江边民居间的狭窄小弄里走出两个人来，引得我两腿打战，假装不经意地侧身拍拍夜景，实则飞快地辨识其性别，观察其模样。几乎看不到与我同向而行的人。前面有什么，将去向何处，我不得知。不远处一座塔矗立江边，塔内外灯火通明，它便成为我眼下近切的目标。

把自己扮成急匆匆朝前寻找同伴的样子，完全不似迎面而来的那些游者：不论是小情侣、一家三口，还是叽叽喳喳说个不停的一群中老年大妈。他们或拍照，或立到水边放河灯，个个都闲闲散散的、慢慢悠悠的。

总是急急地走，必定心有不甘。在灯光明亮处，我发现水面下身量高的水草竟在摇摇晃晃中朝我躬腰行礼，——江水缓缓流向我身后，自己竟是溯江而上，逆流而行的！难怪这一段几乎遇不到同向而行的游者。在明亮的灯光下，水的清，草的柔曼，使人忍不住想用相机拍下它们的倩影。向前后一瞧，恰有一个年轻的父亲停在我近旁的水边，正耐心教导小男孩玩竹制的水枪。我突然在内心那个隐秘的世界里狡黠一笑，然后放心地蹲下身来调相机，从容地跟那流动的江水和摇曳的水草去亲近了。借着古城的夜幕，必定无人看见我一孤身女子，因为得以利用这父子的存在而带来的安全感。我短暂却舒心忘我地，尽情享受了片刻沱江的迷人夜色。

走近刚才望见的那座塔才知，这座六方七层，每层六个翘角颇显秀气的塔叫万名塔。到万名塔附近，游客渐多，来来往往，朝上朝下走的人都有。

水中岸上两座塔，水草摇曳波光晃动，景致的确蔚为壮观，引人流连。

至万名塔，江边亲水的观景道没有了，只好跟在一帮人的后面拾级而上，走到楼房层叠的街道上。大小各异、灯光或明或暗的民宿客栈饭店酒吧，举目皆是。不知是哪家酒吧或是音乐吧的乐声，飘到游客不算太多的街面上来了。

一家门脸儿开阔、外观设计别致的客栈，取名为“风摇摆渡”，勾起我的好奇心，走过去后被那幽雅的气质牵着，又回过来将它打量了一遍。

而这一趟旅行最深入又漫长的思考，留给了风摇摆渡客栈旁边的“阿武的故事”。“阿武的故事”是门楣所挂招牌上的金色大字。就砖墙上的经营项目以及临街最矮一级石梯上所立的告示牌看，它既是餐馆，又是酒吧，也像咖啡吧音乐吧，大门入口处置有一火盆，除了火盆内红光的映照，入口处光线幽暗。我猜测游客可以在里面一边吃吃喝喝，一边听乐队演奏或歌手吉他弹唱，或者亲身加入跟他们一起“民谣神唱”，在异地他乡的夜晚自由自在纵情狂欢，“嗨”到自己尽兴为止。这不算新奇。让我抛却对单身夜行身份可能被暴露的顾虑，几分钟里从它跟前来回走过三趟的，是门前那些熟悉又似乎陌生的字句：一个是像对联一样分别书于大门左右两侧的金色大字“如果你也在凤凰，那我在阿武等你”，另一个是大门左侧墙壁悬挂的木牌上竖着书写的两行金色小字“知道你会来，所以我在等”。

第一个相同的句式在哪里读到过记不清了，第二个是沈从文先生的字句准确无误。它们一齐出现在沱江边凤凰古城一家餐饮店的门脸儿上，见识短浅者如我，颇感意外惊奇。最初的感觉就是店主人脑子真好使，经典名句金句要么仿来、要么直接拿来招徕顾客，是个生意精。又一想，店主人又何止是简单的“仿”和“拿”，他还在借这些字句与那朦朦胧胧的灯光，和飘出门楣飘向街头的吉他音符一起，恰到好处地营造着一种人们讲不清言不明、却在不知不觉中乐于去沉沦的情调。从所读各样式的文学作品以及亲身的经历来看，这样的语句，自古以来就是对除了身家性命之外的另一重最深重的担忧了吧。对这位也许来生都不会相识的店主，我蓦地生出一腔小女子的怨与怒来。

在“阿武的故事”里耽溺了一阵，重新走回前行的游者队伍里。小小拐了个弯后，再往前游人的密度突然增大起来，路边上穿着美丽又高贵的民族服饰、候着游客拍照的漂亮女子，走不上几米就遇上一个。那一刻，我并不知已来到虹桥脚下，只跟着一行人穿过一条美食为主、各种主题酒吧穿插其间的小街，然后顺着一条石板小弄，又回到了沱江边上。行走间，从江对岸气势最盛的“8090 音乐酒吧”和“蓝色雨酒吧”露天舞台上传出响彻沱江夜空的抒情乐曲。更意外欣喜的是，在优美的乐声陪伴下，不知不觉中，我已来到画面上见过无数次的沱江跳岩。踏上那些岩墩，看江水汤汤、看水花轻扬，游人如织，分不出谁是结伴游、谁不是跟团走。虽然那一刻只能从朦胧灯光中去感知这个当年交通要道的古朴有趣，不能清楚地看见桥岸那一溜儿清光岩石铺就的码头，不能听见那洗衣的棒槌声，但这一晚的收获已满满当当，我心满意足。

乘兴而来，也乘兴而归，终究不放心同来的小伙伴长时间独处客栈。返回的路不需停留看景不需拍照，只管匆匆疾行。跟刚出来时一样，在这优哉游哉的旅游大军里，难得见到像我这样匆匆的赶路人。孤身夜行、没有同伴的隐忧重新笼罩下来。回顾一下往返的行程，自己行走的策略基本是：或急匆匆前行，偶尔点开手机拍张夜景；或是看准一支游者相对较多的队伍，走在他们中间，像是他们中的一员，或者跟在他们后面、像是他们队伍里沉溺于看景、拍景而落在后面的一分子。如此这般地抵抗着独行在陌生城市夜色中的忐忑不安。

这一路没有同伴的落寞和胆战心惊，让我第四次走过“阿武的故事”时内心无法平静下来。试想一下，只要愿意跨进这道大门，结交一两个愿意陪你走万名塔至风桥一段游人稀少的路途的朋友，应该还是有可能的吧？

突然觉得“阿武”的店主是一个不能简单概括的人。他或她，是不是特别有人情味？当那些苦闷，甚至濒临绝望的灵魂，游荡到“阿武的故事”门前，他们是否会立马感受到一丝温暖？如果他们就此捡起一件梦的衣衫，重新焕发直面困境的勇气活力，或许他们的人生就有了另一场机会？

（原载《连云港文学》2019 年第 1 期）

扬州丑石记

扬州是一个有识别度的城市。暂且不提瘦西湖的假山瘦水和个园里的嶙峋怪石，一出火车站的路边缓坡上，在偶有一两棵造型可爱的松树点缀的浅草地间，一块块灰白色大石头便散置其中，甚为打眼。石头表面或包浆一般洁净光滑，或如老树干鼓凸嶙峋。随车前行，又遇前方另一片浅棕红的石头阵。这里的松树更多更热闹些，大致都护卫和陪伴在石头阵的边缘。石头大多呈方形，深深浅浅镶嵌在草地上，露在外的部分也有高有低。这些石头，有了好看的色泽，仿佛已经心满意足，表面既没有洁净光滑的质感，也没有吸睛的外貌。石头阵在缓坡上蔓延，自成气势。浅绿的草地，棕红的石头，别具雅意的青松，如果造访者坐于任一一方石头上，静静地看天高地阔，对造景者的一番美意，必将是了然于心，全然领受。

这，便是一个异乡客对扬州的初见。

游逛了一天的我们心满意足，有些疲惫地返回宾馆。一路走来，发现随便一个宾馆的大门侧翼，都有几块颜色朴拙却形态迥异、高低悬殊的怪石，三两丛不高的细竹，秋风中几株叶将落尽的小树，构成了一处别具扬州特色的小景致。那几块大石，或端坐、或偃卧、或兀立的姿势，全都依它们自身的天然态势和脾气安置。它们彼此相得益彰，一见即让人安静遂心。身上的疲惫在无形中就退去了不少，不再那么急切于奔回高楼的某个房间，去安歇自己。

回想自己生活的滨海小城，近年在绿化带的草地上偶然也会见着一两块大石，它们多为棕黄色，颜色平常，形状都近似中规中矩的方形。自己走过的一些城市，与此情形也大体相似。人们生活的节奏那样快，车来车往中，难得有目光注意到它们，也难得有乏了的行人走过去，坐下来歇歇脚，闲闲地看看路边风景。绿化带里那两块中规中矩的大石头，就那样成天寂寥地静卧在大树下。

这使我不由得又想起了瘦西湖的怪石山，和个园里千姿百态的丑石来。不知道扬州八怪跟这里出怪石有关系呢，还是扬州的怪石因为八怪才独具个性和魔力？据说个园是由当年的园主人聘请扬州八怪中的书画家设计建造而成，设计风格怪异，不受古法束缚，把个园设计得魔性十足，成为国内园林孤例。在游者眼中，园内四季假山确实各具特色。如夏山的幽美怪诞，秋山的磅礴多姿，我以为可作园林设计的代表。其中的夏山，据说出自八怪之一的石涛之手。青灰色太湖石堆叠成假山、曲桥、池岸，山顶造亭，配以青树翠蔓池水睡莲，池岸嶙峋怪石犬牙交错。曲桥左侧，一枚丑到极致、危然欲倾的太湖石，因为自下而上有三个近圆形的孔洞，很像一个“月”字，以其修长飘逸的身姿，荣膺个园的镇园之宝。这真正践行了人们常说的石以丑为美。

丑石得到了万众的瞩目，扬州八怪的书画也经历了时间的淘洗流传下来，得益于他们不管不顾做自己，做独特的自己。

对着键盘敲下这一屏文字，心突然被那些尖尖角角的丑石触动。思前想后，唯愿自己指尖敲下的文字，像那嶙峋的怪石一般有一些棱角，也不负了心间那泉水汩汩般蜿蜒流淌的情思。

相遇并非都是缘

金光下的黄昏，没想到自己真到了周庄。连往返在内，我们只有一天一夜时光在此逗留。

除了难得一遇的返乡省亲和出游，我每天重复同样的生活：上班在一个学情特殊的学校，如孩子们说的那样，像妈妈一样关照来自特殊家庭的他们，倾心尽力；下班，跑菜场、回家打理吃穿卫生三件事。只是因喜爱文学，痴心于文字宣泄情绪的爽适感，假期在锅碗瓢盆之余，除了看书阅读，也开始涂抹些文字，慢慢也就隶属了以我家先生为首的那个团体。但是七八年了，我几乎从不在他们的集体活动中出现，一则忙碌且避嫌，另则自身喜好清静。

一女同事曾复杂多义地笑曰：“你家先生的那个团队，都是些文人骚客，跟我们这些俗人不大一样的。”

我倒没觉着有什么不大一样的地方，有谁不是俗人，他们甚至是大俗人，只不过这类人情感丰富些，更喜欢品咂美、欣赏美和迷恋美吧。先生与他五湖四海的文友去过多少地方，见识过多少美景，相遇过多少美丽女子，我无从知晓更不可能像会计师那样做个统计。我不认为自己长得有多耐看，更不会认定自己多懂风情，只是觉得，我们都不是喜欢折腾的人，心中皆有底线吧。于是，十几年走过来，冬阳不觉惨淡，秋风也不感悲凉。

当我们踩到周庄干净古旧的石板桥时，西坠的太阳把金色的釉彩涂抹在一些高翘的房檐上。

一缕微风从水巷深处迎过来，水面一只木船渐行渐远，留下粼粼波纹，持久荡漾。我在粼波里看见蓝天白云小桥老屋红灯笼，惬意顿然生于心间。正欲深入腹地与梦寐已久的周庄进一步亲近，先生的周庄文友来电，呼叫大家暂且转身移步，先进行两地文友的一个交流活动，他们的领队已经领着他的团队在那里恭候了，风景且待明朝再细看。

先生此趟带队出行，看景与两地文学创作交流是并重的，当然得客随主便。

宾主落座之际，我挑选了不起眼的位置坐下。头发斑白的主持人一脸茫然，首先抱歉地告知我们，因为明天上午他们的领队需参加省里在周庄举行的一个大型活动，而他又坚决不肯错过跟启东来的文友谈心交流创作的机会，故交流活动只好安排在今晚饭前进行。先生一脸真诚表示理解和感激，连连表达叨扰对方的歉意。看着茶杯里袅袅上升的热气，猜想其他同行者也应和我一样，对不能马上看到美景的遗憾释怀了吧。

简要介绍后，交流开始。双方领队都不可避免谈及所带团队在当地的工作开展情况，对此内容我的兴致不甚了了，眼帘低垂，双手在桌子下悄悄翻手机。不能不感谢信息时代的便捷，我很快百度了主持人和刚刚发言的两人。主持人是先生多年前读书班的同学，小说拿过著名奖项，也难怪年纪刚过半百头发就已全白，辛苦所致。刚发言的两人都是诗歌大家。第一个发言的是对方团队曾经的领队，刚退居二线，我心里尊敬地称他郁老师。事实上多年前已对郁老师印象深刻，他的笔名和史铁生的名号一样，充满金属特性。正在发言的是对方团队的现任领队，没有笔名，黄劲松这个名字本身就既有诗意，又内含铮铮铁骨之气。

发言轮到先生团队的成员，我的手指就更大胆地在手机屏幕上快速运动起来。点开黄劲松老师的博客。博客上照片的样子显得朴实和老成持重，快速瞄一眼斜对面，真人似乎更显年轻俊朗。他的作品不少，还有几本诗集的封面以及出版介绍。一一浏览下去，还看到一篇郁老师谈黄劲松老师诗歌创作的文字。就像郁老师对其诗歌创作所作的评述，“背起想象的行囊，取道最近的生活，畅游于那些被忽略的时光”，不由得既羡慕又慨叹：这，真是个被美丽周庄滋养，活得安闲又自在的洒脱诗人！

又点开一篇博文，题目叫《在光明中孤独　在细微处陷落》，写一首题为《距离》的诗的诞生。我的心绪停在这首诗歌里。

“说破一些什么 / 有什么不可以说破 / 犹豫是一层薄薄的玻璃 / 把光引诱到阴暗的最低处 / 像一把刀子扫尽蛛网 / 眼睛开始复明 / 巨大的压强捅不破一纳米 / 甚至更短的距离 / 触手可及又遥遥无期 / 两个季节错失在难以缝合的伤口两边 / 它们哭泣 / 在光明中孤独 / 在细微处陷落”。

深切体悟过又难以言明的悲怆，被他的几行诗表白得如此透彻蕴藉。就像博文所说“一首诗歌的语言和内在指向常常不可理喻”，我觉得自己由这首诗触发的人生感喟大概也是不可理喻的。“巨大的压强捅不破一纳米 / 甚至更短的距离 / 触手可及又遥遥无期 / 两个季节错失在难以缝合的伤口两边”，《距离》击中了我。

偶尔抬头瞅瞅作者的脸庞，视线又快速回到诗歌里，眼前的黄劲松跟刚才那一刻之前的黄劲松有很多不一样了。周庄的天色是怎么暗下来的，霓虹灯什么时候亮起来的，都没在意。直到最热烈的掌声响起，交流会结束，关掉手机数据连接，我还一直在走神。

更随意的话都留到古镇的一家饭店来说了。我和瑛子缀在队伍尾巴上，上楼入桌比较晚。坐席设两桌，分别在临近的两间，男女主宾各分一半就座。我不会喝酒更不会应酬，吃饭坐席对先生有些依赖，有点儿后悔没叫先生提前告知他的老同学自己跟先生的关系，也好关照一下。不过担心多余了，那个点兵点将的分配者手一挥一扬，我到了先生的那一桌，瑛子去了另一桌。一桌人谈笑风生。席间添了一位下午没有出席交流会的盛老师，他主要从事儿童文学创作，拿过冰心奖，说话幽默诙谐，成了黄劲松老师的得力助手，把席间气氛调节得热烈和谐。为这趟交流，我和更年轻的女孩瑛子都带去了长篇小说。周庄乃至昆山出好诗好散文好的短篇小说好的儿童文学作品，但是缺少中长篇小说，为此黄劲松老师极度夸奖他对先生团队的羡慕。让我这没沾酒的，都听得耳根发热，脚底要飘起来。

另一桌上先生的老同学兴冲冲拥着郁老师来敬酒了，第一句话却无关敬酒，劈头盖脸喊兄弟、老同学，带了夫人同行，居然不吱声不介绍，该不该罚酒？夫人是哪位？快指认一下，别蒙着我们啦！

不清楚是哪位同伴，酒一喝就泄密了。桌子快沸腾了，一半的人立即成为先生老同学的支持拥护者，看来不沾酒是不容易过得了这关了。

来者一离去，黄劲松老师快速扫了一眼，即起身给先生添酒，一边唏嘘感叹："幸好，幸好没把你们拆分到两桌上。难怪，难怪李老师大作一个接一个，原来身边还有厉害人。自叹不如哇。来，敬一下夫妻二人。喝下酒后派个代表讲讲你们的罗曼史怎么开始的，当初谁先追的谁呀？"

我羞赧地笑着低下头，先生还真开讲了。"大一时，文学社新入会的会员都交了照片，作为社长我有机会把每张照片和背后的姓名都对照着过目一遍。看见她的照片时，觉得她那双眼睛太独特了，那时就想这辈子命定的那个人应该就是她了。"

黄劲松老师接过话茬："于是就仗着职务之便，将最好的截留下来自用了。"引得众笑，盛老师险些喷饭。

酒过几巡了我没留意，突然黄劲松老师又拿我和先生做文章了，说他怎么没看见先生向夫人敬酒呢，先生取得那么多成绩，背后都有夫人的贡献呢。夫人可辛苦啦，敬敬夫人是很有必要的。是心细如发，真明白迷恋文学的男人背后妻子的辛苦，还是纯粹在说客套话？我不确定。不管哪种，他的话本身说到我心酸处了，心底泛起波涛难以平静。这个热情奔放的诗人，他的妻子呢，比我艰难还是容易呢？

不知不觉中夜深了，在周庄的睡梦中宾主告别，车子把我们一行人送回宾馆。我随先生押后，与先生的老同学和郁老师盛老师再三道别。渐渐走近车子，我惊奇地发现黄劲松老师正在车门边和先生团队的成员一一拥抱告别——不分男女。心跳陡然加快，脚步几乎要停下来。除了先生，我这辈子还从没拥抱过第二位男性。高中时一行人去溶洞探险，负责抓住女生的手把我们往上拉的那个男生，至今没忘其姓名与模样，当然也没忘我那只冰冷的手和他温暖的手掌相触时异样的感觉。我知道，身边的先生肯定跟我同时看见了眼前的场景，我想跟他说点什么，比如表达惊叹，或者征询意见，又怕自己小题大做了，太老土少见多怪。他在外时，是否也经常与别人拥抱作别呢？从来没听他说起过。

来不及多想，越来越近，前面的男士钻进车里，瑛子已走到车门边。和瑛子拥别，我清楚地看见黄劲松老师弓身的幅度比先前加大了许多。心情放松了些走近，果然黄劲松老师以大幅度的弓身姿势客气又礼貌地拥别我，然后热情拥别我的先生。

我不清楚是黄劲松老师的善解人意感动我了，还是“人海茫茫，此地一别，恐今世不再见”的离别气息太浓稠了，眼睛不争气地湿润了。夜周庄的迷人韵致在车窗外静静飘过，全没有看到。

有人说，周庄是适合发生故事的地方；尤其是夜周庄。我信这话。但是我可以坚持，相遇并非都是缘，故事也并非只有涂上绯闻的色彩，才是好听也好看的故事吧。

静坐窗前，挽住思绪，打开电脑，在一篇博文评论区留下文字：借昆山诗人的诗句问候并感谢于你：与你相遇后我重归平静/除了牵挂一概摒弃。

算是为一个故事画上圆圆的句号。

糊涂楼里的吟唱者

2005 年，在《当代》第四期读到姚鄂梅的长篇小说《像天一样高》。这部小说带给了我极大的震撼，它形象而深刻地探索了诗人的前途和命运：身处陶乐（一个建在荒野类似世外桃源的地方）物质生活贫困的诗人，文思汩汩作品丰厚，重返城市成为循规蹈矩的职员，文思枯竭泯然众人。读完感到哀婉，不禁无限惆怅。虽是赞同小说作者那句“没有贫瘠的年代，只有贫瘠的诗人”，内心却仍是翻涌起些许疑惑：或许，穷奢极欲的物质是诗歌的天敌，简单的生活才是诗歌的宿命。有些年没有读到能触动自己的好诗了（当然这也归因于自己接触面窄，手边就那几家刊物），内心丰腴的诗人在何方？不贫瘠的诗人还有吗？他们的作品在哪里？

金秋十月，一次难得的机缘，一心只想暂别久居的闹市蜗居、给心灵去放行的我，扎进周庄的怀抱，还一头闯进昆山的糊涂楼。殊不知，在这片诗意的土壤，有新世纪以来迅速在中国诗坛崛起的一个诗歌创作群体。

昆山诗人有大量诗作在各类诗歌赛事中获奖，入选《中国年度诗歌》《中国诗歌精选》《中国诗歌年鉴》等国内数十种诗歌选本，许多诗作被译介海外。

走进满目皆是诗词书画布置装饰的糊涂楼，必然会结识老铁。老铁何许人？这个响当当的名号其实早在多年前已留有深度印象。记不清在哪年哪月的哪一天，在哪一本杂志上相遇过老铁的哪一首诗歌，铭刻在心的是当时内心的挣扎与破茧成蝶的心路历程。老铁何许人？他定然不会姓老也不会姓铁，取了这等坚硬刚性的笔名，是诫勉自己即使历经沧海百转千回仍要铁了心执着于追逐什么吗？一个诗人的诗，尤其他独具个性的笔名触动了多感的神经，无语泪流之后告诉自己：生活中总会有些好东西在前面等你，譬如这书本，书中的文字，它会给你意想不到的安抚和宁静。不管你如今身处何种境遇，你刚强一些，隐忍一阵，不需艳羡和嫌怨他人，做击不垮的“老铁”，做折磨不了的你自己就成！

老铁在我心中掀起的波澜，类似于史铁生前辈《病隙碎笔》带来的震撼。忙于工作而远离文学书籍滋养和陪伴的那些年，忙碌的间隙，精神的空虚无着感就席卷过来，也不知从哪个地缝里钻出来的。再忙，有些感觉，有些情绪，它还是会乘隙造访。你的神经系统，对它完全不设防。偶然的一天，看到铁生前辈《病隙碎笔》中的一段：“生病也是生活体验的一种，甚或算得一项别开生面的游历……刚坐上轮椅时，我老想，不能直立行走岂非把人的特点搞丢了？便觉天昏地暗。等到生出褥疮一连数日只能歪七扭八地躺着，才看见端坐的日子其实多么晴朗……终于醒悟，其实每时每刻我们都是幸运的，因为任何灾难的前面都可以加上一个‘更’字。”这些闪光的文字有四两拨千斤的力量，它让颓靡丧气的灵魂得以安抚而归平静。酣畅淋漓流一场眼泪后，积压一阵的苦闷和怨尤，跟泪痕一样全被风干。自此，开始与自己喜欢的书籍和刊物结好，自此，习惯于依赖那些诗意的文字、性灵的文字和神奇的文字，去打坐修炼一种顺意时沉静不张扬、失意时也能拨去尘遮雾挡的“仙人”气质。

老铁与史铁生是两个毫不相干的人，以他们对生活铁一般的硬，和他们笔下亲切温婉、贴心入肺的文字，给我常处于颓废懈怠和柔若无骨的状态狠狠一击。

与老铁谋面时，他已退居二线。挺拔的身姿俊朗的面容，轻快的脚步热情的谈吐，平易近人的交流，让你误以为他正处在笔锋正健的而立之年。诗情似火的老铁，“在城市的上空 / 长啸或者吟唱”，他是昆山诗群的领跑员。多少美妙的时光在我们俗人的视野之外悄然流逝，像老铁那样的诗人，却可以“背起想象的行囊，取道最近的生活，畅游于那些被忽略的时光”，用自己的独特理解，吟诵几多精彩篇章。柴王弄糊涂楼是老铁工作的地方，也是他诗歌的“家园”，于是便有了他的柴王弄系列诗作。那里的街巷、商店、过往人群，无不入他的诗，他用凝练的汉字，为那个文化积淀深厚的美丽城市添加诗意的注脚。

“柴王弄，我五岁时就记住它了 / 窄窄细细，中间竖着一根 / 木头电线杆 / 那时，我替妈妈 / 给兵营送干衣服 / 再替兵营给妈妈送脏衣服 / 走进柴王弄我五岁 / 出来就七岁了 / 进去时我爱它 / 出来时我还是非常爱它 /……”这首几乎大白话的《热爱柴王弄》入选了《2006 年中国诗歌年鉴》，自然成为老铁对柴王弄特殊感情的一种特殊的纪念。“如果说爱，我还爱柴王弄 / 耿直不弯曲，细细窄窄 / 是我童年的入口和出口……”(《如果说爱》)诗歌叙述了烦琐的生活细节，却带给阅读者一个能跨越时空的孩童意向。这个天真的孩童睁大了热情好奇的眼睛，一路探索着穿过历史的窄巷，走成了如今的老铁，热情纯真、富于幻想、孩童心性依旧。

作为一个静静地喜爱文学的人，我只远远地爱着诗歌。回想中学时一本本抄录汪国真、席慕蓉、魏尔伦、白朗宁夫人等人的诗作那份狂热至今觉得温暖而美好。但更多时间，我阅读小说和散文。每本文学杂志上的诗歌部分，只要在浏览中发现特别对自己胃口、特别打动自己的，就会细细阅读和品味，久久地沉浸其中享受它的意境；没有对胃口的便急速翻页，再度跳到小说或散文的洪荒大野中去。

一首好诗总能深深地打动你，使你被俗世琐碎困扰又被层层捆绑的心得以卸载，重新变得柔软、自由、宁静。前一段读到江非的诗作《去屠宰场的路上》有关于生命的感触：“在屠宰场的门口 / 我看见一只羊被牵了进去 / 它穿着一件白色的袍子 / 短短的尾巴如一件小小的后事 / 眼里什么也没有 / 只有一粒白色的眼珠 / 田野上的一朵野花 / 还在它的胃里 / 腹腔的温度让它继续盛开”。我对作品产生了强烈的认同感，很享受这份心领神会的愉悦与共鸣。

老铁写母亲的诗在纯净中给我温暖与感动，他在《母亲的笑没有一点杂质》中写道：“如果人生没有一丝风 / 你的笑，绝不会漾起一丝皱纹 / 而是在阳光及其阴影下 / 沿着我们的童年，一路走来 /……”他在《母亲，你在天上爱着我》中吟唱：“母亲，我知道，你在天上 / 还爱着我，爱我柴王弄里的 / 童年中年和老年 / 爱是你的巨额财富，你的给予 / 从不吝啬，也从不挥霍……”

孩童般的纯真眷恋与对城市乡土的深沉热爱，交相叠映在老铁的诗作中。糊涂楼里的这位吟唱者，将我，一个庸常文学爱好者年少时对诗的热爱重新点燃，从足底到心窝涌起温暖的诗情。回想起在那个狂热诗歌的人生时段，自己竟无缘相遇任何一个诗人和任何一种诗歌创作的理论，这些多少有些遗憾，但读诗的温暖却是恒久的，也一直很珍惜。

不舍的转身

行程的最后一天，旅游车行驶在江西那片名副其实的红土地上。身穿旧式军服，头戴嵌有红五角星帽子的九江导游，一路上很热诚细心。我们虽未去井冈山旅游，今日在行程中却听了一路红歌。

《英雄儿女》的旋律在车厢内跳跃回荡，英雄的土地在车窗外飞速后退。远处山廓线条柔和，被绿色覆盖。近处山峦草木丰茂，平地秧苗青葱。偶尔眼帘撞上一小块裸露的红艳，是怕你迷醉不知身在何处吧，适时提醒一下匆匆过客，你正行进在一片红土地上，一片葱茏绿色掩盖之下如此鲜艳的红土地。

山峦青葱，绿水依依，目光为之留恋，视线不肯回归。

铁生前辈说，人的故乡，并不止于一块特定的土地，而是一种辽阔无比的心情。

随车行在九曲十八弯的山路，抵达一个个景区。观蓝天白云青山绿水芳草绿树，呼吸清新沁凉的空气，那是何等养眼的风景，何等惬意的心情。

然而旅程的末尾是归程，逃不脱的宿命。

旅游车把我们送到车站。钻进火车的腹里，蜷于铺位之上，车窗外山峦与天空相接处最后一抹暗红被收藏进相机后，天地就混沌模糊起来，再好的风景都收归黑夜这个王独自享有。这样也好，免了忧伤的目光与难舍的风景做漫长的告别。

次日天明，众人起身而喧嚣，独我紧裹薄被。睡意早已荡然无存，心智清明却情绪低沉，不肯睁眼起身。不是因为身体不适，也不是因为赖床，只因一个不想面对的事实：睁开眼睛，车窗外，将再寻不到流连忘返的风景。

下火车登汽车的间歇，江海平原炎热的不适自不必说，车外的物事更哪堪触目？灰蒙蒙的低低的天幕下，宽宽阔阔的四车道或六车道，平坦笔直，一览无余。路边林立的高楼涂抹了俗气的色彩，样式更是雷同，如同克隆一般的街道高楼。

回程的最后一段路。掩紧汽车窗玻璃上遮阳的帘子，再次闭上双眼，假装一觉睡到底。回家只不过是坐车回“家”所在的城市，仿佛感觉我从故乡又到了异乡。

看来还是蓝天白云之下、青山碧水之间，芳草绿树的山野方可抚平世俗忙碌里日积月累下的郁闷和烦躁，安放漂泊浪荡孤寂不安的灵魂。

俊秀庐山，古旧瑶里，失落了什么在那里，我再也不能将它带走。

瑶河水清澈见底，水草游鱼细石皆可见。水边老伯洗菜小娃玩水，远处大石板上，老妇少妇洗衣，情景都是儿时旧相识。

年少时，厌倦了穷乡僻壤的巴东丘陵，于是背着书包发狠地弃它而去，一步一步闯入车水马龙的城市。

“瑶里、婺源之类古村落古建筑，像中国古典美女，她的意境，需端杯茶，于细雨迷蒙中慢慢品味。”导游声音磁性，他对古村落古建筑的解说，我深有同感。团队的步履却有些匆忙地奔向停在路边的旅游车，目标下一个景点。我不得不缀在队伍的尾巴上，朝着那些古旧的民居频频回望。

依山傍水的瑶里民居青砖黛瓦，是徽派建筑。黛瓦在我老家遍地可见，青砖却难寻。瑶里民居院落内有天井，卧房内置雕花大床，灶房有熏腊肉的梁，有屋顶通风出烟口的设计，此内部格局与幼时所见父辈分家改造重砌自家的院落，何其相似！无从考证，在湖广填四川的大背景下，祖先们从福建广东辗转迁徙至更加闭塞僻远的巴东丘陵之前，他们与在江西瑶里留下徽派建筑的人们有何种渊源？

重回城市蜗居，端坐电脑前，整理 QQ 相册。为一张以葱翠竹树和青青瑶河水为背景的照片添加标题：古镇瑶里，留影瑶河畔。贴上标签：让心灵去旅行——风光怡人，景致恬静。愿学陶令，长隐于此。

第二辑

眼前风景看不够

老街的旧梦

再次走进南阳镇文达介山老街，时值寒冬将尽，新春将至。老房顶上曾经令人凝神振奋的苍翠瓦松，今时唯余垂萎枯焦纤瘦的枝干，它们和脚下的老屋一起，历经了一轮又一轮风霜雨雪的洗礼。

蜿蜒狭窄的老石巷里，近年翻建的新楼房与那些低矮破旧的商铺，或隔街对峙，或毗邻而立，老街冷清静寂，曾经的热闹繁华不再。只有脱落白灰的红砖，褪色的门板、窗棂和铭牌，磨得光滑的石板路……时光的刀痕无处不在。

古旧的石板路上，一行十余人的采风队伍走过来，相互的交谈和笑语掀起一阵阵热闹，吵醒了似在倦意绵绵睡意沉沉中的老街。

凝望脚下规整排列的青石板上大大小小坑洼遍布，其上定然有当年驮货的骡子往来的足印，抑或马蹄踏过的痕迹，耳畔仿若响起清脆的马蹄声。马蹄声吵醒了弄堂的清晨，响彻石巷的角角落落，唤起了每个商铺的店家和伙计。

五十年前，随便什么季节，随便哪一年，随便哪一天，当黎明从这条东西走向的街道上空浅浅地出现的时候，深蓝的天空上，闪烁了一夜的星星依然闪烁，四野的鸡鸣开始此起彼伏。不知谁家的伙计打着哈欠轻轻取下第一块铺板，接着，满街都是取铺板的声音，起初轻手轻脚，不久就很随意率性，满街的人无论东家还是帮工，都起床迎接晨曦的到来。

取完铺板，天空就放亮啦。家家柜台前屋檐下的红灯笼，在晨风中晃荡。好客的伙计、精明的掌柜、沉稳的东家，都准备好了温和的微笑等待顾客上门。吆喝声便起来了，喝江水长大的伙计，吆喝声跟唱歌似的。屋檐之上，或直立、或斜撑的是一竿竿旗幡。从旗幡的形制、材料和文字，看得出东家的学识和品位。茶叶店香气如兰、头饰发箍和木梳店琳琅满目，油坊浓香四溢，糕点店珍馐美味，绸缎庄雍容华贵，土布店朴实无华、药材店五花八门、文房四宝店冰清玉洁……还有那些铁匠铺、剃头店、麻线店、烟斗店、刀剪店、纸烛店尽收眼底。肉铺的旁边，是一个书场，说书艺人左手打扇，右手持惊堂木，往往说到动情处，放下惊堂木，提起茶壶喝一口，旁边肉铺剔骨剁肉的斩刀恰好砍到案板上，准确无误地补了惊堂木的缺。

阳光洒在鱼鳞瓦片上，瓦缝中有小草和青苔偷偷地生长。那时候的老街并不老，高低错落的土木瓦房分列街道两边，青砖侧立铺成的街道中间，是一溜儿半米见方的青石板，一块接一块，从街头一直铺到街尾。石板下面，是长流的溪水，日常兼排雨水，若遇火灾，随便揭开哪一块青石板，把水流堵起来，便是消防取水口。

从四面八方赶来的男男女女，有的怀揣铜钿，上街购买农具和生活必需品，有的担一担莲藕或者小菜，在众多店铺前面找一方空地，只要不挡了店铺进出，歇下担子便开始做生意，待生意做完，有了铜钿，再去购买所需的农具或生活必需品。乡下赶街的百姓，多是第二种，因此，街道两边总是箩筐挨着箩筐、竹匾挤着竹匾，这边卖鸡，那边卖鱼，侧旁说不定就是卖香葱芫荽的，甚至有肩挑的烧饼挑子或者馄饨挑子。热热闹闹，用乡下人羞涩、笨拙而诚实的方式，进行着一桩桩买卖。

行商坐贾与乡里百姓构成了街道的全部。早晨尚可容许车马通过，木质的车轮从青砖上轰隆隆滚过，清脆的马蹄声敲击着石板。逼近正午，街面热闹非凡，车马甚至无法通行，人挤人，水泄不通，块头大的人只能侧身而行，背背篓的人只能把背篓顶到头上。

那时候，一条街道，就是一个世界，在这里应有尽有，各地的商品汇聚在这里，这里的商品也可流通到各地。每一个人都盼望着这样的繁华永远繁华下去。

可是，仿佛就一夜的事情，所有繁华都不在了。行商坐贾选择更大的集镇或城市，狭窄的街道因无法满足交通需求而渐渐淡出人们的视线，年轻一代陆续搬走，留下满街的冷清与落寞。

毕竟时光挡不住，世人皆向繁华生。老街像一个跟不上时代步伐的老人，终究被时代抛弃。今天，竟让人怀疑这条老街当年是否真的繁华过。

出了老街，站在老街南侧汽车行人南来北往的石桥上，夕照下明净如一条锦带似的协兴河，河水清亮温润，静水无波。只有这河还安安静静地伴着老街，在人间做着烟火俗世里各式各样绮丽斑斓的梦。

魅惑之海

长时间囿足于每天步行走出来的周长四千来步的圈子里，竟至产生错觉，以为除去庸常轮回的日子，与世界已经无甚关联。

居住于滨海小城许多年，尽管在烟火日常中，来自海里的鱼虾蟹之类也频频光顾食道，安抚虚空的胃囊，却还是觉得海跟我并不相关。这些变了形的海里的物种，只是匆匆地穿肠而过，除了满足一个吃货对食物的需求，没能带给人一丝对海的特殊情分。海却一直在咫尺之外，陌生着。

前些日，偶然见一张双色海大堤的照片，顿生好奇。仔细打量一番，一段宽阔的海堤，竟然左侧是深蓝色海水一片，碧波粼粼，右侧是浑黄一片，海水汤汤。这番奇景，出现在江尾海头，胸腔中一对向往的羽翼顿时轻轻打开。

亲临实地才知道那大堤长达 4.8 公里，我们只有前往更深更远处，这样才能开释我们早已雀跃的心。

车行于大堤之上，人的视线朝车窗外忽左忽右逡巡。左边是海水，右边也是海水，唯独不见大堤路面，车似乎行进在海面上。恍然感觉，车子也像近岸水面上那些轻盈前行的白色水鸟，拥有了“水上漂”的功夫。自己那具在狭小空间里被长久关锁，日渐沉重如铁的肉身，一下子轻盈了许多。

依着大堤的走势及风浪大小，在行家的指引下，我们先后三次在最适宜观景和摄影的地点下车。

深秋，黄海边的风是有呼啸之声的。因了这自由洒脱狂放的风，你立刻感受到大堤左右两侧双色海的区别不单单是色彩上的。

经过人工沉淀、过滤掉泥沙的海水，近看如溪水般干净清亮，汇聚成广阔一片之后，成就了祖祖辈辈看惯了浊黄海水的黄海人家，也能在家门口见到碧海蓝天的绮丽梦想。风小处，深蓝色海水轻漾波纹，安静如留在时光深处不被凡俗打扰的一汪湖泊。风大的地方，碧蓝的海水晃晃悠悠，宛如淘气的孩童对它身边倾斜的堤坝反反复复有节律地、温柔地拥抱着海堤，泛起一线清亮水花。即便在大堤内侧最开阔的观景台边，碧蓝的海水苍苍茫茫自北向南浩荡前行，也是成排的波纹你追我赶，那么从容有序，温婉懂礼。海水相击的沙沙声，仿若在桑园中听一场紧锣密鼓的雨。拍打堤岸的水声则清亮，舒心，悦耳。

如果说大堤内侧碧蓝的海似儒雅的绅士，似娴静的大家闺秀，那么大堤外侧正在波翻浪涌的黄海，或可称得上野兽，甚至是霸气十足的悍匪了。相对平静些的海域，一个个汹涌的浪头高低起伏，个头大致相当，像被特意挑选过的军阵，呈现给我们一幅万头攒动、千军万马奔涌向前的画面，叫人看得心情颇为激动。而最叫人心惊的是呼呼风声中你正想享受这难得一刻的悠然和放松，体型庞大的海潮就如一头巨象潜在水下艰难而沉缓地打着转身，以后突然之间发力，宽广的脊背猛然拱出水面，瞬间惊走了你的悠然。然而这豪迈的大浪又在转瞬间被周遭涌动不息的海水裹挟平复，最终消失在汪洋大海，觅不到一丝踪影，只能看到它的近旁又一个巨大的浪头周而复始。海面波涛滚滚，水下暗潮涌动，协力奏出一支雄浑的交响曲。

眼睛给我的直观感受是，形成这些巨大浪头的威力，来自我的目光完全到不了的不可知也看不透的海底深处。

曾经，也多次经过海边潦潦草草地看海，由于主观认定，它与自己的思想、内心无关，从未仔细打量过它，更未真正走近过它，因此从不知道它也有明亮的眼睛和强健的筋骨。

放眼远望更广阔的海面，成排的海浪奔涌向前，跟影视片上所见快镜头下飞速移动的沙丘一般。这些凸起的沙丘有着优美的曲线，它们就是在最生动活泼的海的身上，所能见到的海的筋骨。浩瀚的海面，这些海的筋脉，在每一轮滚动向前中透出稳健，散发威力。那动荡起伏的海面，亦如巨幅华丽的锦缎被面，在风中颤颤抖抖、闪闪烁烁。任海面如何动荡，水波却浑黄而明亮，像谁在上面抹了凝脂，涂了明油，看上去滑滑的感觉，惹人生出幻想：假如伸出一只长臂，越过海堤，去轻轻抚摩几下，那是何等美妙。这明亮闪烁的水波，就该是海之眼了。在它灵动的流转顾盼间，观海人的心早已被它魅惑。

双色海，倾人类之伟力打造的一片碧蓝，足以让人心在秋阳下走向静谧和纯粹，而另一侧那本色的原生态的海，用她的圣洁征服你凡尘俗世之心，以至于在那一刻你会体会到海的博大，海的永恒和海的无限；可又有谁知道海也有喜怒哀乐，也有悲欢离合，那大堤隔着的啊，分明左边是欢乐，右边是悲伤，难道不是吗？

岂止日月之行、若出其中，星汉灿烂、若出其里，所有的动荡、起伏，令人战栗的不安、轰响，全包容在这海的身体里。鸿蒙判天地以来，它日日夜夜动荡、起伏、不安、轰响，它却日日夜夜都在那里。石可烂，海却不会枯。人世间所谓天大的高低起伏，相比于它，都不足以构成对人心的毁灭性动荡和对世界的绝望。

春水碧波

久闻江天生态园的大名。适逢周末，得以深入园中一探究竟。正是花红柳绿的大好时节，天空碧蓝，空气清新。

生态园离城市很近，经过第一中学，跨过沿江公路，往南再走几百米就到。这地方现在处于城市边缘，当城市逐渐发展，扩展到长江边，这里就是这座城市翡翠一般宝贵的绿肺。

看过别处大片的花海以后，可能会觉得这季节江天生态园盛开的郁金香气势不够大。但江天生态园也别具优势，其优势就在于一年四季都有鲜花盛开。

春天，这里除了郁金香，还有各式各样的花朵，如杜鹃花、玉兰、樱花、桃花、梨花、牡丹和风信子等等，各自本本分分地开花，或大肆渲染，或在默无声息中独自绽放，成就生态园一个辉煌热烈、姹紫嫣红、五彩纷呈的花季。

夏天，这里盛开着荷花、百合、芍药、木槿、千里红、锦带花，素的纯洁，娇的妖艳。

只有秋天这里的花似乎要少一些，只有菊花、桂花、秋海棠。到了冬天，这里仍不失为一座热闹的花园。隆冬蜡梅飘香，山茶斗艳，各自撰写着自己的诗篇。冬春之交，按地域由北往南栽植的各种品类的梅花先后成批竞相开放。还有一开大半年、花期相当长的三角梅、薰衣草和各种兰花，将园子不起眼的角落也装点得摇曳多姿，缤纷有趣。

如果你是内心丰富的人，多半不会偏执地喜欢某一种花，那你到江天生态园就来对了，不管什么季节，你都能找到自己喜欢的花。尤其让人感慨的是，在江天生态园还能够找到我们童年的影子，能够找到乡愁。

我的童年和少年时期都生活在农村。过去的岁月已经不复存在，许多场景只是不时在脑海中浮现，现在却可以在这里体验。

这里有数十亩地的河道和池塘，水都是清澈干净的活水。宽阔的河道有一米多深、三米多宽，阳光斜照水面，波光粼粼，可以乘坐仿古形式的木船，躲避城市的喧嚣，静静体验舟行于春水碧波的心旷神怡，无意中就接通了“明朝散发弄扁舟”的诗仙情怀。水里自然放养了鲢鱼和草鱼，不喂饲料，自然生长。船行水上，顽皮的鲢鱼竟然经常跳进船舱逗趣，引得游客嘻嘻哈哈，欢乐无比。倘若鲢鱼足够大，五斤以上，那他们接下来的午餐或晚餐，就能吃上一道美美的鲢鱼大餐了，或烧或煮，没有泥腥味，鲜香细嫩，令人赞不绝口。

那四五个巨大的池塘里，分别养殖着黄鳝、河鳗、甲鱼、螃蟹、泥鳅和对虾，塘边配套修建了垂钓平台、网捕区和笼捕区。等到配套完善，还会饲养几只鸬鹚，看鸬鹚捕鱼，也成为一道别样的风景。到那时候，碧波荡漾的水岸上，将放置数十种具有本土特色的捕捞器具，你喜欢用什么工具就用什么工具，不在乎工具的好坏，关键在于捕鱼的乐趣。

我去的这一天，正赶上几个师傅在一间偌大的玻璃屋子里砌土灶。将来不仅可以在河道和池塘里体验到网鱼捕鱼、捞虾捉蟹的快乐，还能在那些土灶上，依据自己的口味，亲手把自己的劳动所得变成一道道美食。不远处一片树林，是散养家禽的区域。你还可以到那片树林里捉鸡捉鸭。

呈现美和快乐，是好多生态园惯常的主题。江天生态园，不仅呈现了美和快乐，还让每一个到此的朋友，一起参与创造美和快乐，在创造的体验中，温习童年的记忆和滚烫的乡愁。

城市书房，诗与远方

想读书了，就可以遂心地取一本来读，不需要开口借，也不用花钱买，——沧海桑田，曾经多少年，这个转瞬即被掐灭在脑海的念头，唯有以梦想的方式存在。而如今，这个梦想的天空竟然被城市书房的灯光照亮，梦想正在成为现实。

自 2015 年 9 月 13 日起，心中开始艳羡一座城，一座浸润在唐诗宋词里的城，一座崇文尚学的文化名城，它叫扬州。两千多年来，文脉绵绵不绝、书香代代相传的扬州，至今年 11 月 25 日截止，三两年里，先后把城市最繁华、最漂亮、离老百姓最近的地方，建成了 14 家 24 小时免费向市民开放的城市书房。细查媒体的报道得知，扬州年底将建成 18 家城市书房。这些分布均衡的 24 小时城市书房，在城市的各个方位开辟最温馨的阅读空间。城市书房让阅读真正融入了扬州市民的生活，像一座座文化灯塔，成为文化扬州的亮丽名片，让扬州更加“文起来”了。心怀对文化名城的敬畏，心存对阅读的喜好，哪里还由得我不心向往之？

幸运的是，秋冬交替之际，我在滨江临海的启东小城美丽的儿童公园里，有幸找到了 24 小时城市书房。女儿早已飞进她风景如画的大学校园，记不清自己有多久不曾涉足儿童公园。这个启东市民的首家城市书房，像一个新生命，才刚刚建成并只开放了两天。我的到来，竟然是如此的巧合与及时。一念及此，除去欣然喜悦兴奋激切，对它更有了一份说不清道不明的情愫。

从那些渐趋粗壮丰腴、枝繁叶茂的广玉兰树、香樟树下走来，从那些被今秋突显慷慨大方温暖柔情的阳光扮饰得明艳靓丽又窈窕多姿的银杏树旁走来，我静静驻足于城市书房跟前。自助办证机立于书房外侧，自助办理借书卡的操作流程标示清晰。

午后的阳光透过玻璃洒满书房，温暖着室内正在安静阅读的人。

身旁就职于文化部门的同行者，已有准备，借书卡一扬，门自动开启，随行者立即闪身进入，去分享这一室的温馨和惬意。

带着新鲜与好奇，一圈打量下来，三排书架、两张长桌、十把椅子、两张沙发、图书自助借还机、扫码即可下载电子图书的电子图书借阅机、可以在线浏览数百种报刊杂志的电子读报机、供读者上网浏览数字资源的三台电脑，构成了这座城市第一个 24 小时无人值守的小型图书馆。据了解，启东市图书馆为书房配备了一套智能系统，通过感应室内是否有人，灯与空调可以随时开启。为了避免读者晚上路过误以为不开门，他们特意留了一盏长明灯。书房的布局简单却有怡人的情调。

我重新走回到书架前，仔细打量那些少儿、成人类藏书。眼角的余光触及书房外公园里的清新明丽，内心异常宁静。取一本书，坐到墙边舒适的沙发里，开始惬意的阅读之旅：享受与文字对话、与自我对话的静好时光。

我知道，很快我亦将在自助办证机上办好一张借书证，以后我随时可以推开那扇温馨的门，像随时去拜访一位相知已久的旧友。

诚然，这座小城还应多一些这样的书房，书房里的藏书还应更丰富一些。但如今的启东百姓，已不必只去羡慕英格兰校园里随处可见的图书室、图书馆，里面全是安静的读书人，没人捧个手机玩儿。也不必再像我，徒自羡慕书香满盈的文化名城扬州。

老朋友新朋友，大朋友小朋友，来我们的城市书房吧，它真是一个方便阅读的好地方，书房的长明灯随时欢迎你跨进来，陪伴你温馨阅读。

我尤其在心底呼唤启东的青少年学子，常进书房坐坐，翻翻书，读读文，你的生命你的灵魂定将更为灿烂与丰盈。城市书房，它有颜如玉，有黄金屋，更有你的诗与远方。

鼻尖上的记忆

那日午后，车子驶离庄园大门口，一种意识就开始缠绕我的脑神经。最初来自鼻尖，后来浸透了灵魂的花草的馨香，像一个初恋的情人一般，轻轻地迈着脚步，一直走进我的心里。一旦离开，就意味着失去它了。我固执地在脑海里，在鼻息间，在五脏六腑，在每个它可能到过的地方努力翻找，希望哪怕还有某个罅隙它能留存。

我们对于视觉听觉触觉上的深刻体验，一旦回想，总能真切重现于意识间，但是关于某种气息，现代高科技也对它无能为力：你无法拍摄它，因为它无形；你不能录制，因为它无声。因此不管有过怎样刻骨铭心的感受，它不在就不在了，你的鼻子很难把它复制出来。以至于我疑心自己，是在昏沉的午后自酿了一个美丽芬芳的白日梦。大概只有立刻让鼻尖真真地再享受哪怕一秒钟，那缭绕萦回的嗅觉美感，才足以打消是个白日梦的怀疑。于是在行走间，不由自主翕动鼻翼，把嗅觉提升至最高灵敏度，试图在街边卖盆栽的中年男人那里，或者自家小区绿化带的某一处，能尽快跟那奇异的幽香再次相遇。

启东王鲍镇吕北公路南海公路的交界处，除了宽阔车道上急速而过的车辆，这里远离市井人烟。蓝天白云下旷野平畴间，深入幽静处，便是遗世而独立的某庄园之所在。“春田花花”“泊仙居”都曾是它的乳名。其时她芳名“花柒”——主人解说“花”即“华”，春华秋实；“柒”即“荣”，草木茂盛，欣欣向荣。在我看来，“花柒”这个名号最能引人遐想田园乡居的美好。放眼园内，一派主体日式风格的建筑和装潢陈设，色调素朴，仿如一位身穿素色裙裾的女子，沉静而雅致，跟草木花树湖水小桥的格调如此般配。

时值处暑过去三日，秋阳下不时有风殷勤送来体感舒适的凉意。游得园来，看不尽花树掩映，步道迂回曲折，曲径通幽，一湖碧水在柔和的阳光下泛着粼粼波纹，还有桥畔水边依依杨柳在微风中飘舞轻语。不能尽数有多少景致，足以成为我那天午后流连于“花柒”不想匆匆离开的理由。

走过大片葡萄园，行经一路枝繁叶茂的无花果树，辗转至一片田园，一畦秋葵一畦辣椒近在眼前。小灯笼一样的辣椒挂在枝柯间，还有一些枝柯前赴后继，正盛开着纯白的小花朵。秋葵的枝叶间也偶见嫩黄色小花朵，更多是外形似羊角又像尖塔的果实峭拔挺立，生机盎然。这番清新与朝气，不禁再次触动出身农家的我，拥有一方田园、重新成为耕者的念想。

刚沉浸于耕者的念想，鼻尖迎来让大脑突然醒神的奇异幽香。仔细分辨，既陌生又似曾相识，它有青草一样的清凉气味，又有甜樟脑的气息，香气浓郁，叫人在一呼一吸间感受深刻。在诧异中万般享受着芬芳馥郁的盛典，我们已经走近一片类似青草的绿色植物。园主人不失时机介绍：“这里是我们栽培的两种香草：迷迭香和罗勒。刚才我们还在远处，它们的香气已经来迎接了。”对罗勒其名和真身，我是第一次听闻和见识。迷迭香却是早在各种媒介信息中久闻其名了，只今日方有缘，觅得其芳踪，得见其真身。迷迭香是这片田园的主角，罗勒只在边缘有一丛。迷迭香直立纤瘦的绿色植株上，形似松针的叶纤细、狭长，丛生在植株上。因不在花期，见不到传说中的美丽花朵。这一地的迷迭香，是开出紫色、粉红色，还是白中带蓝的花朵，尚未可知。而现在它们只管守着朴实无华的外表，绵绵不绝向世间传送缕缕馨香。

迷迭香的幽幽气息拴住了我在花柒庄园踟蹰的步履。我伫立在它跟前，遐想它古老而遥远的身世：原产地中海沿岸的迷迭香，欧洲人一直视它为一种具有刺激作用的药草，因它的神奇特性，在雅典和罗马被用作祭神的植物。它在中国的栽培很早，《本草纲目》记载：魏文帝时自西域移植庭中，收采后入袋佩之，芳香甚烈。古代人相信它的芳香可以加强记忆力，所以有“海上灯塔”之称。当外出的船迷失方向时，迷航的水手可以凭借它浓浓的香气来寻找陆地的位置。传说迷迭香的花本是白色，圣母玛利亚曾将她的罩袍挂在迷迭香树上，迷迭香的花色就变成了蓝色，并被赋予了芳香高贵的气息，具有神的力量。

迷迭香果真是有神奇力量的，它让一个平日午后总恹恹欲睡的我不但神志清醒，还精神振奋。

辞它而去时，是我们不得不离开花柒庄园返城时。午后的阳光柔和，我在习习凉风中频频回望，实在不舍这醉人的香氛。

慵懒的回程叫人意兴阑珊，我倚在座椅上小睡过去。梦中又至花柒庄园白露未晞的清晨，搬张竹椅，坐在青葱田园边，闭目闻香，恍然如梦，耳边只听得佳人吟唱：

且慢，且慢，天蓝色的小精灵啊。

且慢，升桅杆，鼓风帆，去远航。

容我，理华发，戴露花，乘幽香。

小针大世界

针与女人的关系，比香烟与男人的关系更加不同寻常。一根缝衣针在现在，最多成为缝扣子、手工艺小口袋之类的小角色，但在过去，它却能使一个女人撑起一家人的体面。

在童年的记忆里，祖母总是弯腰坐在矮凳上，身侧一个针线箩，膝盖上铺着我们被荆棘勾破的衣服，右手上的缝衣针牵引着线，拾掇着，忙碌着。祖母偶尔把针举起来，在头发上划两下。她说，这样，针更好使。“好使”的意思是锋利，更容易穿透那些厚厚的棉布。小时候我以为针都是在头发上磨出来的。后来读到“铁杵磨针”的故事，我又隐隐感觉，针是石头上磨出来的。到底是头发还是石头？我曾为此纠结过。

直到我走进启东南阳镇飞虎针业有限公司的时候，困扰我多年的问题终于灰飞烟灭。它既不是在祖母的头发上磨出来的，也不是在石头上磨出来的，而是机器做出来的。一根针，从钢丝到最终成型，要经过裁截、磨细、削尖、钻孔、电镀等十多道工序。一根普通的针上应用的技术数据，跟一颗子弹上应用的技术数据几乎是相等的。而一根针上所凝结的工人的平均耗费时间，却远远超过了一颗子弹。而它与普通人的关系，是子弹永远无法比拟的。

我更大的收获是，知悉了在这科技上天入地、无孔不入的时代，制针业是一种凤毛麟角的存在。偌大的中国，只有屈指可数的几家制针企业，而飞虎针业却是这个行业的龙头老大，其产品占国内市场约百分之六十的份额，其“飞虎”“奇特”品牌机针畅销海内外，而且该企业质量标准成为国内制针业的行业标准。尤其让人震惊的是，由于制针厂家少，国内没有一家生产制针机器的工厂，飞虎针业便自己研发生产机器。这又成为该企业的另一大看点——其产品针和生产针的机器，均由该企业的工人、技术人员独立生产研发。

针与宝剑，从形式到质地都有极大的相似性，都要求硬度高弹性好，光洁平滑，具有流线型的身材。针与宝剑不同在于，它跟我们的生活须臾不离。这个企业的产品范围横跨缝纫机针、绣花机针、绗缝机针等数十个品种，飞虎针的优点除了硬度高、弹性好，还有针尖锋利、耐磨耐高温、针孔光滑等，是同行业无法媲美的。

在无数荣誉面前，接待我们的企业负责人依然很清醒地说：“我们的企业目前还需要研发生产精度更高的产品。一些国内的大型品牌制衣企业所用的机针全部进口，通过比较，我们的针和进口的针确实存在一些差距。为这一两步的差距，我们愿意投入十倍甚至百倍的资金。”当大家问他这样做会不会得不偿失，他说出两点理由：“一是我们的针，价钱只是进口针的十分之一；如果提升到进口针的水平，我们将会创造出高得多的经济效益。二是攻克一种针上的问题可以使所有针的问题得到解决，使整个制针业的制造水平都得到提升。小针头，大世界；小针头，可以做大文章啊。”

从原始部落的骨针、鱼针，到今天的现代针业，人类的制针水平在不断提高，但它缝制的功能却始终未变。如果认真研究人类制针历史，完全可以写一本很厚的针业发展史。

诞生于1976年的飞虎针业，作为一个本土企业走过近四十年历史——在启东，走过四十度春秋的企业已是凤毛麟角。飞虎针业却如企业门口那只凌厉罡劲的飞虎那样，秉承着“锲而不舍、铁杵成针、创造完美、永恒追求”的精神，健步走在创新发展的路途上。

寂寞荒凉

按理说，教堂是西方宗教的活动场所，与我这样的中国子民，可以说是八竿子都打不着的关系。作为江海大地的外来移民，从居乡下到迁进城，好多年都无数次望见那块“曹家镇德肋撒老堂”路牌。我与教堂，虽少有交集，但还是一直好奇，这箭头所指的是怎样一幢建筑。

八年前一个夏日，同伴开车途经曹家镇，特意绕道过去，终得一睹这个据说蜚声海外的天主教堂的外观。这座教堂始建于 1933 年，一直挺拔屹立在广袤平坦的江海大地上，周身仿佛被哪个粗心马虎的粉刷匠涂上了厚薄不均的水泥，只有外墙和立柱上，偶尔隐隐可见红砖的颜色。大门已经不在，大门台阶的砖块垮塌散落，几扇窗也空空洞洞。教堂东西两边，荒草深茂。满面疮痍的启东曹家镇德肋撒老堂坐落于一片荒草间的景象，任你是有心还是无心，我都深信，看上一眼就可以过目不忘。

十来分钟的造访，除去我与同伴二人，周遭再无人迹。除了某种不知名的虫子拉不长扯不断的鸣叫，四周寂寥无声。德肋撒老堂像个被遗弃于尘世的老人，落魄、凄凉，无人理睬。

时光如白驹过隙，突然有一天，供职于文化部门的朋友带来消息说，江苏圣合集团将以保护、开发“曹家镇老堂”的文化和历史为核心，打造国内首座以天主教文化为主题的高端养心度假圣地，所以曹家镇老教堂要翻修了。于是，我迫不及待地点开浏览器，输入“启东德肋撒老堂”。对这座耳听过无数传闻、也亲眼见过一回的老教堂，总想有机会了解得更多些，最好能详知它的前世今生。屏幕上赫然映入眼中的第一条信息，竟是一篇《长江三角平原上的伤痕，海门教区的眼泪——启东德肋撒老堂》，图文并茂。浏览一番，发现有不少网友，比我还急切地关注着这座曾经排名全国第六的哥特式教堂的命运。有网友还深入地研究其历史，把陆续作为粮站、礼堂和水泥厂而被破坏得千疮百孔的教堂，展示在一张张图片里，殷殷关切之情都流露在图片和精简的文字里。

与几位朋友相约，我第二次来到了曹家镇老堂身边。濒临倒塌的老堂被圈围起来，修护似乎还没正式开始，我们不能靠近。漂亮的欧式酒店已经矗立在教堂西侧和北侧，东侧大片区域也已经开发。我们参观了精品假日酒店样板房后，一路往东，走过大小几片水域，听工作人员讲解设计规划与理念，到自助烧烤区吃烧烤，在湖边草地上看节目，也参与跳竹竿舞之类的自娱自乐活动，就此度过了小半天时光。在乐声飞扬中，我还是有些怀疑：那几近倒塌的德肋撒老堂，如此破败，一群怎样的人，拥有怎样的勇气、怎样的技术，才能平安顺利地将它修复如初？这份怀疑，一直持续到几天前。当我第三次见到它，我一脚跨进它的大门，并长驱直入教堂最深处。

暮春，夕阳柔和的光像探照灯的光束打在修缮一新的建筑上，那个蒙尘的老堂已经躲进历史深处不见一丝踪影，眼前只有干净、整洁的外墙立面，青砖为主体、门窗立柱以红砖嵌饰，墙面上雕工精湛的图案清晰可见。

一座庄严的教堂就在眼前。

大门外，绿植高低丛簇候在墙下，其间一树红枫叶、一丛红叶石兰与红砖属同一个色系，红绿相携，在此处让人更觉安静踏实。东边的荒芜之地如今是花园，花期已尽，绿叶扶疏。

我们一行人把教堂外观和周围观赏了一遍，正好等来教堂管理员开门接纳我们入内。

跨进教堂大门，四墙被粉刷得雪白亮眼，花窗色调鲜艳，头顶上方悬垂素雅而圣洁的装饰。花窗上那些讲述着某段宗教故事的画面，我们并不陌生。大门左侧有一座可以攀登的旋转楼梯，我沿着中心通道径直前行，两侧是规整排列的十几排座椅。我虽非教徒，却没来由地感到身前身后都陷在某种气息的包裹里，不免呼吸有些紧张急促。我在缄默无语中一直行至教堂最深处的祭殿跟前，良久默然而立。人生中的第一次在教堂行走，真的是从未有过的新奇。在教堂气氛的氤氲中，心底的虔诚，心中的坦荡，也不逊于那些来此忏悔的教徒。

祭台和座椅都是黑褐色，上面图案造型精美，也是精雕细磨而成。这套器物特别有年代感，这让人心中疑惑不解。我向同行者询问，这些座椅不可能是这座老教堂的原物，它们来自哪里呢？几个人都说不知道。我们一行人在教堂中来回行走参观交流的过程中，那位花格子衬衫的管理员一直倚在最后排座椅上，看着我们，不说一句话。心中的疑惑催促我向他走去，我猜他一定知道答案。果真如愿，我的话问号还没来得及打，他已经回答我了：全都从法国运来。

“哇，这么远？”

“哦，难怪，看这雕工！啧啧啧……”

“这费用，可大呢！”

一阵唏嘘感叹声中，我忍不住再次询问：“这些花窗呢，也来自法国吗？”

作出肯定回答之后，他开始主动讲话：“这价钱，可真不是小钱。单是一扇花窗，就得四十万……”

他的话引来又一阵音量更高的唏嘘感叹。我趁机还向他打探到，这座教堂和旁边的酒店一起，已经承接过几次教堂婚礼的举办事宜；平时，就没什么人来了。

从教堂大门退出，我们又开始在外面不远不近的地方徘徊。东面曾经热闹过一阵的那大片区域已经荒置，不便前往，又不打算急急离开。看着管理员关闭了大门，从东门出来。夕阳余晖，它把涂抹了油彩一般的最后几缕金黄阳光打在教堂前面砖铺的地面上，那个蓝白格子衬衫的清瘦身影，恰好从花园走进这一片油彩里。他的步态如此轻盈，似乎要与那最后一道红霞道别，默默转身，留给余晖一个长长的背影。我的手机何其幸运，恰巧拍下这一人一花园一座教堂和一地阳光的画面。这个身影独自向南而去之后，我久久盯着手机上留下的画面，难以判别：是我相机中的画面显得更孤单，还是眼前已翻新的实体的曹家镇老教堂更孤单？

书香致远

我与先生同样对文学有着很深的爱好、痴迷于阅读，家境虽与殷实相去甚远，可购买的书籍、订阅的报刊，却总在不知不觉中源源不断地站到书架上。书籍是我们一家人共同的朋友。

女儿从很小就喜欢我们给她讲故事，有些故事听多少遍，她都不嫌腻。陪伴她幼儿时期的主要书籍是《幼儿智力世界》。从小班到大班，一期不落地累积下来，已有厚厚几沓。用耳朵听，这是女儿最初的阅读状态。随着时间的推移，她渐渐用眼睛来阅读了。那时，先生与我都在渔村教书，工作之余，唯一的爱好是读书。没人陪她玩耍，她便常常趴在沙发上，颠来倒去地翻看专属于她的书——《幼儿智力世界》。她将一页页图画串联起来，就是我们给她讲过的故事。

当然那时候，女儿的阅读主要还是靠我们讲。慢慢的，我们发现，她的注意力开始不再只停留在那些色彩斑斓的图片上，而对一个个的汉字发生了兴趣。于是有意识地指着句子里“宝宝”“妈妈”“爸爸”之类，孩子能够理解的汉字，故意重读两三次。在她学拼音之前，对家人的称呼，一些日常用品，以及她自己的姓名等，只要写在纸上，便能认识。

一个深秋的傍晚，上中班的女儿，给我们留下了一辈子都不会忘却的珍贵记忆。那天，我在屋檐下洗菜，准备晚饭，教工宿舍院里，女儿的玩伴到外公外婆家度周末去了。我用眼角的余光瞟了一眼形影孤单的女儿，只见她从房门内匆匆钻出，一晃小身影就要冲出院子。我便知道她要找邻居家的小姐姐玩儿了。

我本没想喊她，她从小就该有自己的玩伴，但看到她身上的“装备”，忍不住轻轻呼唤她的乳名。她很诧异地转身问怎么啦，我有些抱歉地说：“你等一下妈妈，妈妈很想帮你拍张照片，就是你现在的模样！”说到“模样”一词，我已忍不住笑了，小家伙当然不明所以，但不解的眼神只一闪即逝，因为拍照片对于小小的她，也是件极有趣的事情。怕她着急，我一边在围裙上擦手，一边再次安抚：“就等一会儿，妈妈回屋拿好相机就来哈！等着！”她很爽脆地回答一声：“好！”

当我打开相机镜头面对她时，小家伙竟然不像以往摆各种造型，而是一本正经看着我。她的“装备”是什么呢？一边手中捏着一本《幼儿智力世界》，另一边胳肢窝里夹着两三本。她是要去跟小伙伴分享她书里的图画和故事。我仿佛又看见她在书上指指点点，围在她身边的小伙伴津津有味地听她讲述自己从父母那里听来的故事。

在摁下拍摄键的一瞬，照片的名字已然跳入我的脑海：“书痴娃。”

女儿上大班后，我们一家都进了县城，周末陪女儿进书店，看书买书差不多成了一种习惯。上小学后，《儿童文学》成了陪伴女儿阅读时间最长的小伙伴。在女儿读三年级的时候，我所从事的初中语文教育，开始要求把学生课外阅读名著的内容纳入中考。为方便与学生交流，我买了当年最新版的《西游记》与《红楼梦》。当然，《红楼梦》并不是初中生必读书目，买它仅仅是因为个人觉得十余年前的阅读太匆忙草率，很多细节、精华，在记忆中已经不清晰了。

平常写作业、看动画片《西游记》之余，读《儿童文学》、读沈石溪动物系列故事的女儿，看见我埋头专注于读《西游记》，十分好奇又有些傲娇、不屑地说："妈妈，你这个书有什么好看的？孙悟空猪八戒唐僧，他们的故事我知道的太多啦！"

出于职业敏感，女儿的话突然提醒我：她的阅读之路此刻正面临一个需要疏通的关节。于是停止阅读，微微一笑耐心开导："这你可不知道哦！电视剧跟原著，有好多不一样呢！来，你坐过来，我指一段，你看：丹崖怪石，削壁奇峰。丹崖上，彩凤双鸣；削壁前，麒麟独卧。峰头时听锦鸡鸣，石窟每观龙出入。林中有寿鹿仙狐，树上有灵禽玄鹤。瑶草奇花不谢，青松翠柏长春。仙桃常结果，修竹每留云。一条涧壑藤萝密，四面原堤草色新。这写得多美呀！我知道，你看了不止一个版本的真人版的《西游记》，也看了不止一个版本的动画片《西游记》，其中有些故事你都看过好几遍哩。但是你在哪个电视剧或者动画片里，看见'丹崖怪石，削壁奇峰'的景象了？你听见过彩凤双鸣了吗？你看见麒麟、寿鹿仙狐、灵禽玄鹤、石窟有龙出入了吗？你在哪个电视剧、动画片里能看到这些神奇怪异的景象啊？"

女儿紧盯着那些文字，眼神中的不屑，已然褪去。我继续说："为了省钱，当然还有其他原因，比如把《西游记》改编成电视剧的那个人的想法，又比如拍摄技术等等，书上还有一些神仙、妖怪的故事，或者其他精彩内容，电视剧里并没有拍出来。只有当你自己看过书了，比较过了，才能搞清楚，书跟电视剧到底哪个更好。你很可能发现，电视剧上的某一段不吸引人，还是书上写的有意思。当然，你也有可能看到电视剧中某个地方比书上精彩。这样一来，有一个很大的好处就是，你绝对不会被那些没看过原著随便乱说说的人糊弄了去。"

"书先给我看看吧！"女儿调皮一笑把书拿过去，我高兴之余没忘及时提醒她："一开始看可能有点儿吃力，正文下面有注释帮你。有些生僻词语可以根据前后意思猜，如果还是不懂，跳过去不管它也没关系，读得多了，以后慢慢会懂的。"

后来女儿兴奋地跑来跟我"汇报"过几次她的"发现"，每次我心里是比蜜还甜的欣喜。到小学四年级，她把我买的新版本的《红楼梦》也读了一遍。

她有个堂弟，非常顽皮，要是给他插上两只翅膀，立马可以飞上天。嘴巴还闲不住，只要睁开眼，一分钟都不会安静。谁见了谁头大。到了我们家，没多久，在女儿的影响下，也开始喜欢读书。从此，他变成了一个受人欢迎、成绩优秀的孩子。

女儿至今保持着良好的阅读习惯，哪怕在紧张的高中阶段，每年也要读几本文学书籍。因为读得多，作文也写得不错。从小学开始，在《中国校园文学》《红领巾》等刊物发表习作。到初中毕业前，陆续发表了四十多篇作文。上了大学，虽是理工科专业，也挡不住她对文学书籍的喜爱，差不多每读两三本专业书籍，必然会读一本文学书籍。女儿说，这叫阴阳互补、两极平衡。

阅读永远不会成为时尚，因为凡是时尚，都生命短暂。阅读应当成为一种习惯。当阅读成为一种习惯，阅读就成了跟吃饭一样自然的事情。习惯的养成，从什么时候开始都可以，但更重要的是从现在开始，从此刻开始。

人善寿长晚来福

一九三七年，作为刘家独子的媳妇，陈秀兰正值芳华，三岁的女儿在公公婆婆膝下承欢，虽贫寒但温馨的家却遭遇丈夫突然离世的噩运。两位老人一夜之间老去几十岁，陈秀兰的去留问题明里暗里地摆在了两位老人与陈秀兰母女的面前。两位老人不时背着人抹着浑浊的老泪，为了让悲伤的儿媳多歇息，争着抢着干家务干农活儿。重情重义的陈秀兰明白老人舍不得她离开，她自己也舍不得离开这个家，更何况她清醒地知道，一旦她改嫁离开，不管她带不带走女儿，刘家将由此陷入困顿走向毁灭。后来，善良的陈秀兰经人介绍与十三岁就从安徽来启东北新镇恒盛祥五金店做学徒的方姓小伙相识后招夫上门，生儿育女，夫妻二人孝敬老人疼爱儿女，从不吵架拌嘴和打骂儿女，他们让刘家重新焕发出生机与活力。

二〇一四年六月十八日下午，我们在启东圩角老年关爱中心见到了饱经风霜的一百零二岁老人陈秀兰。当时老人行动不便，下床后靠服务员推着轮椅出行。老年关爱中心的盛院长指着我们带去的营养品提高嗓门在她耳边大声说："老妈妈，政府、领导关心你，来看看你！"老人："嗯……看看……谢谢大家……"老人面容舒展，眼神愉悦，说话声音很高，情绪饱满，听得出她很愿意交流和表达。老人六十八岁的小儿子刘方忠告诉我们，老人听力不行了，视力倒很好，九十岁以后有了高血压和心脏病，一直在服药，不过她很乐观开朗，精神状态很好。采访中，老人苍颜白发，但一脸安详，眼神专注地看着围坐在她身边说这说那的我们，对于我不时在采访本上写写画画的动作她看得尤其专心。我总感觉她那亲切的目光，像一种无限圣洁与慈爱的光辉向我额前轻柔地抛洒过来。也许在她眼前的，不是陌生的、与她第一次相见的我，而是年轻时的她，或是她早年的女儿，抑或是她的孙女、重孙女的模样吧。她那安详的面容如馨香的栀子花开在初夏清凉的柔风里。

盛院长告诉我们，老人家要强能干又特别爱干净，怎么也不肯像其他老人一样用尿不湿，需要方便她就喊服务员扶她起来解决。

据刘方忠介绍，他们的父亲七几年在大集体商业退休后没两年就去世了，老人的大儿子也于十一年前过世，今年八十一岁的大女儿前些年中风后瘫痪在床，情况还不及老母亲。陈秀兰老人的生活由小儿子刘方忠和他的小姐姐负担。刘方忠除了务农，以前做过村治保主任，夫妻俩的身体不大好。四年前刘方忠到圩角老年关爱中心做了服务员，为了方便照顾，两年前陈秀兰老人也由小儿媳陪着一同来到老年关爱中心生活。夫妇俩跟盛院长夫妇一样，真正做到"老吾老以及人之老"，除了关照自己的老母，同时各自照顾几个老人。后来，小儿媳回家照看孙子。

问及老人的主要经历，刘方忠告诉我们，他们家离镇上一里半路，家里凡是买进卖出的事都是陈秀兰上镇完成，抚养两个女儿都读到初中，大儿子则读到蚕商专科学校。陈秀兰天性善良，从不骂人，有着特别好的人缘。因为人缘好，早年她做过妇女代表，做过小队长，去过扫盲班，学会了一些汉字，还能写自己名字。在一九五八年那个艰苦年代，政府号召村民到各村义务做农活儿，不记工分，没有人愿意去，但陈秀兰愿意去。

说到老人的节俭，刘方忠声音有些哽咽：“她从来不去白相（玩耍），一天到晚田里屋里忙上忙下忙前忙后。几十年里她从来没有午睡的习惯，一直到八十二岁。”这让我们不得不对老人的坚韧打心眼儿里感动和敬佩。

陈秀兰老人所在宿舍的服务员阿姨告诉我们：“老人家两年前刚进老人院时身体不大好，我们院长单独给她开小灶。如今气色比前几年好，她每顿能吃一碗多米饭。”盛院长解释道：“这些老人家在一起有得话讲哩。他们互相讲讲话，交流交流，大家的心情都好起来了。我经常发现屋檐下老人们聊得很热闹，尽管因为不少老人耳背听力差，有时会你说你的，我说我的，可能说的并不是一个话题，但他们觉得对方听见了，聊得老起劲儿。”还有如此新鲜奇特又让人感到温暖的场面，我们个个都不由得开心地笑了。

聊起老人长寿的原因，刘方忠说主要是因为老人心态平和，性格上从不跟人急，更不跟人吵架。照顾老人起居的服务员阿姨和盛院长对此纷纷点头表示赞同。有人把善良、宽容、乐观、淡泊归为养生四要素：“善良是心理养生营养素，宽容是心理养生调节阀，乐观是心理养生不老丹，淡泊是心理养生免疫剂。”陈秀兰老人并不知道什么养生四要素，可是她用真实的人生在实践着它们。我问吃的方面有无讲究，刘方忠告诉我们：“平时吃蔬菜居多，荤菜她不吃肥肉，海鲜太寒性，吃了觉得身体不适意，基本上不吃，只吃沟里河里的东西。”选择适合自己体质的饮食，我想这确是一条养生之道。

采访结束，盛院长带领我们参观了整个老年关爱中心，之后我们到她的办公室休息聊天。趁着接我们回去的车子还没到门口，我快步穿过院子，又返回到陈秀兰老人的宿舍。她还安静地坐在窗前的轮椅上，安闲地沐浴在黄昏的辰光里，一见我，像对待老熟人一样指指床边的凳子，用温暖的声音，口齿相当清楚地连声招呼我：“坐，坐。”我微笑着向她频频点头，却站在她跟前凝视着她并不坐下，像她刚才研究我那样，专心地看着她，然后对她说声再会并做个再见的手势，告辞这历经一世风霜依旧善良开朗如初的老人。

最美不过夕阳红，我们祝愿善良的老人永浴来自八方的关爱，长寿安详。

也有亲情也有爱

早晨雨过天晴，驱车前往近海镇塘芦港村，路两边吃饱雨水的庄稼在阳光底下，绿油油反着光，旺盛地生长。

在一幢干净的楼房前面，看见一位正在屋前黄豆地里拔草的老人，高新区（近海镇）民政干部说，那就是刘鹤昌老人。

老人身着白色T恤，身高一米七以上，背略驼，白皙慈善的面孔上带着微笑。手上握着刚拔来的杂草，招呼我们进屋。屋子干净整洁，一位老妈妈坐在轮椅上，刘鹤昌老人介绍说，这位是他的老伴儿，大他三岁，今年九十三岁。刚刚坐定，他的儿子和儿媳妇也从汇龙镇回来了，屋子里顿时热闹起来。

刘鹤昌生于一九二八年，本是崇明人，家里兄弟姐妹多，无法养活，被启东泰安（现已坍入长江）刘家领养。他的养父是个糕点小贩，往返于启东和上海，家境比较殷实。养父就他一个养子。幼年他跟随养父往来于启东和上海，启东中学毕业后，刘鹤昌接手了养父的生意。由于连年战争，世道不太平，没有挣到钱，生意也不好做，便到塘芦港租了八亩地的生田，转行务农。一九四九年以后，他成了生产队的一名社员。他年轻的时候喜欢吹拉弹唱，农闲时经常到宣传队或文化站参加文艺演出，苦日子过得倒也乐和。唯一的烦恼是，刘鹤昌婚后一直没有生养。直到六十年代后期，在他们村里插队的知青替他们抱回一个出生不到一个月的孤儿，从此开始了三口之家的生活。

刘鹤昌夫妇对这个领养的孩子倾注了全部心血。自己吃不饱，也要让孩子吃饱，自己穿不暖，也要让孩子穿暖，别的孩子到了一定年龄，便不再读书，回家务农或者进社会务工，他们夫妇省吃俭用也要送孩子念书。

说到改革开放，刘鹤昌老人无限感慨。他说，按照启东本地风俗，家里养了儿子，要是没有钱，就造不起房子，也娶不上儿媳妇。眼看儿子大了，读书要花钱，修房子也要钱，接下来娶媳妇还得花更多的钱。

“钱从哪里来？全靠改革开放。”刘鹤昌说，他是改革开放的第一批红利获得者。农产品、海鲜、副食……都可以流通，挣钱的机会也多。刘鹤昌老人回忆往事，不禁感叹：“真是天降一场及时雨！”靠着少年时期积累的经验，刘鹤昌不仅有钱供孩子上学，还像模像样修了房子，娶了同样有文化、知书达理的儿媳妇。后来儿子和儿媳在城里买了房子，有了孩子。如今，刘鹤昌老人的孙女已经在少年宫做教师多年。

三年前，儿子和儿媳出资，替刘鹤昌老两口儿修了一楼一底两百多平方米的楼房，让他们安度晚年。儿子和儿媳说，虽然他们没有血缘关系，但因为当年的辛勤抚育，两位老人值得他们尊敬，值得他们孝顺。

刘鹤昌的老伴儿三年前摔伤了髋骨，只能坐轮椅，儿子和儿媳平日在市区上班，每周回来三四次，日常都由刘鹤昌照料老伴儿。刘鹤昌身体很好，每天骑电瓶车上街买菜，每顿都有炖得很酥的红烧肉，隔一天吃一顿鱼。当问到健康的秘诀，老人慈祥地笑着说：“没啥秘诀，就是保证顿顿新鲜。”

离开的时候，老人坚决要把我们送到院坝外面，汽车开出去，他又俯身到黄豆地里，继续拔草。

劳动送他一副好身板儿

眼前这位名叫施锦德的高龄老人，双目炯炯，清瘦高挑，身上是藏青色盘扣对襟的短袖唐装，只扣了中间一扣，脚上布鞋棉袜齐整。精致的打扮，清爽的穿戴，和和气气笑眯眯的神态，总是让我们愿意多跟他说会儿话、多在他身边停留一会儿。

这位开朗健谈、耳聪目明，至今生活能完全自理的老人，虽然没有经营什么轰轰烈烈、惊天动地的事业，但他拥有一份平凡朴实的人生。从二十二岁到五十七岁，三十五年搬运工就是他的职业生涯。在乡镇的运输站里，他与工友们，用肩膀和力气，装卸、搬运各种货物，如化肥、粮食、棉花包……遇到什么搬什么，全靠人工体力。多数时间他的工作在向阳镇运输站内，但是如果需外派，比如去天生港、青龙港、南通港，那也是随叫随到。冬天顶风冒雪，夏天头顶烈日，年复一年，日复一日，一步一个台阶，一步一个脚印，扛着重物，挥洒汗水，就是他的日常。作为组长的他，带有十五个组员，任务到来时，体力弱的、有伤的，总能得到体谅和关照。因为扛活用的是巧劲儿，一旦角度不对、费时费力不说冷不丁就可能闪了腰。面对那些不能掌握搬运技巧的临时工，他和众多有经验的老搬运工（也是他们运输站的固定工）一样，总会走过去，说：“你去扫扫地，或者干别的，这个我们来。”肩膀上的老茧已经习惯于每天如何去对付那些沉重的麻包。我们请他讲一讲当年和工友们的故事，他说：“那说起来不容易啊！做那生活苦啊，刚去时肩膀上磨得都是血印子。”

说话中，老人忽然站起身，跨过门槛，出去了。我们很诧异，老人的儿子以为他要去上厕所，原来是他看见晾衣绳上的一条裤子被风吹到地上。他捡起地上的裤子后，又走到晾衣绳旁边，并将上面的其他衣物一并收到怀里。阳光挺好，又有风，他早上洗晒的衣物已经全部晾干。目睹他如此轻快的动作，我们不禁感叹，几十年搬运工生活的磨砺，送给了他晚年一副好身板儿。

老人的儿子说，若不是他腿上安有不锈钢钉，跑得还要快呢。最近十来年，因为骨质疏松老人摔过两回跤，两边大腿骨里面都装有不锈钢钉。手术后的那段日子是不太方便走路的，但是在老人的坚持下，不久他就行走自如了。儿女为他配了一副精致的拐杖，有时候他用一用，有时候他却弃之不用。

老人的人缘儿特别好，弟兄七个，他是老大，十九岁时，成为建东村人的上门女婿，他比妻子还小三岁。夫妇二人没有生育子女，先后领养了一个女儿和一个儿子，视若己出，辛勤抚育，当然，他们也得到了女儿女婿儿子儿媳妇“比亲生的还要孝顺”的回报。四代同堂的他很自豪地向我们大家强调，他有五十七个嫡亲。

如今的老人老伴儿走了三年，他还每月领着一千四百元退休金，独自生活在他的两间屋里。煮饭，洗菜，炒菜，洗衣服，全是他自己完成。儿女们考虑到他毕竟年纪大了，腿也不方便，给他买了躺椅，还有特置的电风扇以及方便出恭的座椅。他的日常起居，可以完全自理。

差几分钟十点，老人站起身，开始做韭菜炒蛋皮，午饭应该是我们到之前开始煮在电饭锅里的。他笑眯眯地对一屋子人说，准备吃完饭“游湖”去了，逗得一屋子人全都乐呵呵地笑起来。“游湖”是方言，是扑克游戏的一种。一位邻居笑道：“说到‘游湖’他就开心！”

老人的儿子告诉我们，老人的生活非常有规律，上午十点半到下午四点，他去棋牌室打牌，来去一共走三公里路。晚上一般六点就睡了，早上五点起床。不午休，上午如果困了，在躺椅上歇会儿。平时喜欢看启东台新闻，还看看故事片。

我们不想扫了老人“游湖”的雅兴，赶紧起身告辞。门外阳光恰到好处，一阵清风凉意悠然，掀起老人藏青色衣衫的下摆，老人笑意盎然，一派仙风道骨的硬朗模样。这情景让我记起在网上见过的真实的叶问的相片，施锦德老人跟咏春拳一代宗师叶问年老时的模样何其相似。

乡村“自行车侠”

说起以前的苦日子，施连昌老人直摇头，吃不饱穿不暖是那时大多数老百姓共同面临的困境，他自然也不例外。虽然没有上过学，施连昌懂得只有舍得花力气才会有饭吃的道理，从能够替家里做事起，他从来没有偷过一天懒，年三十都在劳动。他的儿媳妇说，她刚过门的时候，每天上工结束，她的公公都要担一担能当柴火的树叶回来，树叶柴火装得又紧又实，不用力抠，根本没法抠散开来放进灶孔。

改革开放之后，施连昌像变了一个人，带着五个孩子，从事多种经营，只要有钱赚，只要不违法，他都愿意干。为了提高工作效率，他是村里第一个买自行车的。打那开始，他几乎没有跟自行车分开过。

施连昌有三个儿子。他让老大老二去学泥瓦匠，让老三去学小五金销售。很快他的三个孩子都走上了致富的道路，尤其是老三，在小五金营销上打开了一片天地，十多年前，在马鞍山开起了小五金店，生意非常红火。

如今，不仅他的三个儿子都有了出息，他的孙子辈也各有各的职业。

几个儿子都在附近盖了楼房，但他喜欢住在自己年轻时一砖一瓦挣下的平房里。几年前老伴儿过世后，他就一个人住。他说："年纪大了不跟儿女住一起，有个好处就是不操心，到了我们这年纪，操心没用，说不定还讨人嫌。古话说得好，儿孙自有儿孙福。我不讨他们嫌，他们自然跟我亲！"

儿子儿媳、孙子孙女都喜欢他、孝敬他。天冷有人添被褥，天热有人买衣服。吃穿不愁，儿女们在过年、给他过生日和平时给他的零花钱，他都花不完，他存的钱甚至可以买好几辆汽车，但施连昌仍旧骑着自行车。

每天早饭过后，他就骑自行车出门，以前耳聪目明，跟人家"游湖"（当地扑克游戏的一种），三年前耳朵开始听不清，便退出"江湖"，只看不参与，乐在其中。别人一圈"游湖"打完，他跟几个旁观者和参与者热烈讨论刚才哪一圈牌的好坏，哪几手出错了，哪几手出得好，思路清晰，分析到位。好多牌友都从他的言谈中，获得启发和提高。

施连昌围观"游湖"的地方不固定。因为他自行车骑得好，这么大年纪了还能把自行车骑得像在乡村的便道上飞一样，所以好几个村子的人都认识他。儿子儿媳如果要寻他，在路上打听不超过三个人，就能准确找到他。

知道我们要去采访他，他上午没有出门。还不到十一点，他已经把中饭做好，煨在锅里，哈哈，看来他只等我们赶快离开，吃了午饭，早早骑车出门，围观"游湖"去了。我们请他揭开锅盖，三样菜：咸瓜毛豆、红烧茄子和红烧肉，都烧得很酥，尤其是红烧肉，带皮多膘，油汪汪的，色香味俱全。要是三十年前，我可以吃下半碗。采访了好多寿星，大多数人每天都要吃点儿这种烧得很酥的红烧肉。难道这也算长寿膳食之一？

据了解，老人每天都要喝点儿酒。偶尔也抽支香烟，烟主要为了散出去交朋友。我们注意到，老人的房间收拾得干净整洁，衣服挂在衣架上，鞋子规规矩矩放在鞋架上，找不到一点儿懒散随意的痕迹。可以想象，施连昌老人年轻的时候是多么干练。

老人家住近海镇黄海村，一生只认识的三个汉字，便是他的名字。

教好孩子如同种下梧桐树

百岁老人俞备珍家西屋檐下种的几棵枇杷树和橘树，临河已生长成一道绿色屏障。枇杷成熟，黄色的果串儿从枝叶间压下来；鸡蛋大的橘子，在香气袭人的绿叶中躲躲闪闪。它们都像俞备珍老人一样，虽含蓄内敛，却自有其无尽的魅力。

生于一九一五年八月十六日的俞备珍老人，一生养育了四个子女，前两个是女儿，后两个是儿子。大女儿今年七十九岁，最小的儿子六十五岁。俞老太孙子辈十六人，重孙辈十三人。别人夸她四世同堂好福气。可不，房间一隅叠放着孙子辈们送来的黑芝麻糊、麦片、八宝粥和牛奶。墙上挂着老人在上海的外孙媳妇送的十字绣，画面上有“瑶池春不老，寿域日开祥”的对联与鲜翠欲滴的两只寿桃和一个气势恢宏的大大的“寿”字，寄语了送“寿”人对老人长寿的企盼和祝愿。十字绣面前是一只从房顶椽子上垂挂下来的，年代久远的竹编挂篮，挂篮里面盛放的是俞备珍老人一生的印记。

老人给村里人的印象是和善，从来不跟别人起矛盾，即使矛盾找上门来，也要想办法化解。“多一个敌人多一堵墙，多一个朋友多一条路。”老人总是这样教育自己的儿孙。

俞备珍出生在典型的农民家庭，夫妇以种田为生，家境贫寒。老人在劳作之余，几乎把所有的精力都用在了教育孩子上。五个孩子在她的教导下，都是村里出类拔萃的人，个个都有好人缘儿，勤劳能干。为了供儿子读书，她忙中抽闲纺纱织布到三甲镇去卖，然后买玉米送到学校。四十几岁时国家极度困难，为生活所逼，老人讨过饭。但她的五个孩子到了该成家的年龄，都各自成家，好像没花多少心思就妥当了。如今，老人膝下的儿孙个个都住上了宽敞明亮的房子，小日子过得相当舒心。

我去采访的时候，两个儿媳在家。两个媳妇说她们的婆婆脾气好，心态好，从来没和媳妇们吵过架。问及她们的婚姻，两人说了同样的话：“虽然家里穷点儿，但看她家儿子人好，娘教育得好呀，自己觉得放心。”朴素的话里似乎仍洋溢着当年做出选择时的无怨无悔和自豪。

教好孩子如同种下梧桐树，树大根深，根深叶茂——在良好的环境里，大家心情舒畅，再艰难的日子，也能过出别样的滋味来。在我看来，这就是老人长寿的重要秘密。

老人的子女不完全同意，他们认为，老人长寿是因为老人体质好。他们说，别看老人手脚细得跟竹竿似的，但是从来不吃药打针。两个儿媳妇说，从她们嫁到王家来，四十几年了从来没见老人生过病。这个我认为有道理。

老人的子女还说，老人长寿的原因是喜欢“老韭菜”。这个我认为也有道理。因为在采访中我发现一个普遍的现象，喜欢动脑子、经常动脑子的老人更长寿。

他们还说，老人的饮食比较简单，早饭冲调点黑芝麻糊、麦片之类，中饭晚饭一定要有汤，红烧肉只吃一块，蛋饺只吃一个。老人不挑饮食，不吃得过饱，这也是长寿的原因之一。我认为也挺有道理。

老人的大儿子说，他发现老人还有一个长寿秘诀：他老妈从八十岁开始再也不喝水。他说起这条来似乎特别自豪跟兴奋。我认为这不是道理，老人每天吃的水果、牛奶，不就是水的替代品吗？我把我的意思说了，他们想了想，觉得有道理。

老人视力很弱，听力还行，大声说话她便能清醒作答。但老人言语极少，从容如水静坐于椅子上，听儿子儿媳与邻居、与我们闲聊。老人像听话的孩子，媳妇拿来漂亮的新衣服她便穿上新衣服，媳妇喊她起身走走她就起身拄着拐棍走走。

这时候，摄影师来了，老人由她的老伙伴牵着手来到院子里拍照，风趣的摄影师无论如何逗趣都没能让老人怒放笑容，倒是让老人愈发羞涩起来。

在农村里，许多老太太就这样默默一生，平淡如水。稍有一次出镜的机会，就好像受到天大的奖赏那样，表情羞涩而庄重。如果时光倒流，我猜想大家看到的一定是俞备珍老人羞红了脸颊的赧颜一笑。

做一回巡行的王

在迤逦的河道上行船，做一回巡游水上的王，算得上人生中某种极致的体验吧。

阳春三月刚一转身，四月芳菲便临人间。文友相约于桃花帘外春意暖的下午，在江天生态园走过花期刚尽的樱花大道，欣赏了成片盛放的桃花、梨花、垂丝海棠、郁金香，鉴赏了榆叶梅、珍珠梅、美人梅等等梅花的不同品相。一段惬意时光不知不觉转瞬消逝，而将我的魂灵久滞于此的，却是那水上光景。

两只可以取桨自划、也可以电力牵引的棕红色木船，安静地泊于水岸边，散发着古秦淮的烟火味道。我们上了一只外形简单素朴的敞篷木船。另一只船显得华贵些，有篷有舱有窗有栏杆，四面檐角有些俏皮地高翘在篷顶之上。只见同伴们的船一离开泊地，船尾便翻卷起一串银灿灿的水花，一河安静清澈的水面漾起灵动又柔美的波纹。我们的船紧随其后。

前面驾驶舱中那几条身影是我们同行的文友，因为可以体验驾驶乐趣，所以文友充当了临时“船长”，看来临时“船长”的驾船技术有些问题，同船的人心中不免有些小紧张。他们用尽各种搞笑的言语和滑稽动作，不断打趣临时“船长”的驾船技术，这样似乎缓解了一些小紧张。对方却总是不温不火、诙谐幽默，把一船爽朗又开怀的笑声洒向水面，也抛向紧随其后的我们。透过开启的窗，我们可见他们灿若春花的笑脸。似乎受到他们的感染，我们的船在身下轻巧自由地漂游起来，左岸是一排秀气的树，右岸是一片开得正炫的郁金香。树秀花香的岸，波光荡漾的碧水，红棕色的木船，红衣白衫的身影，碧桃般不时绽开的笑颜，还有我眼前甲板上随意闲置在那里的棕红色船桨，这一切的搭配天然而随意，成为我不断收进相册的一帧帧风景。已然觉得自己已成为这水世界的君王，正以辉煌奢华的仪仗出游巡行，一怀豪情有万丈高——大运河上六下江南的乾隆也不过如此吧。一念及此，禁不住仰起头朝着碧蓝的天空露出傻傻的笑容。

这样欢快逗笑、轻松自在的旅程，很想持续得长久些。然而我们的“老船长”大概受不住那个驾船生手的驾驶技术，一把，两把，方向盘一打，两条船擦身而过。他们一船人的笑脸还在我眼底灿烂时，刹那间我们竟只留给他们一船远去的背影了。此时此景，在他们眼中，我们是怎样的风景呢。惆怅顿生，有些不忍心回视。

我们的船加速前行，转过一个河湾后完全“弄丢”了另一船的伙伴们。没有了遮挡，天地真开阔。淡蓝的天宇、薄薄的云层跃入视野，让人眼前一亮：春日的斜阳镶着金边，硕大的一轮，站在远处农家房顶上大约一竹竿高的位置。金色的斜阳，在船头甲板外的河面洒下一缕银色光带，碎玉似的闪闪烁烁。船与风，好似永不会间断地，温柔地漾起鱼鳞似的波纹，宽阔的河面水波潋滟。水岸边一株垂柳，主干纤细，却顶着一头婆娑的柔枝，在散银碎玉的潋滟波光里随风起舞，自爱自怜。我目视她与我们的船越走越近，船过后又回视良久，感觉她，就像这悠长水岸候在岸边的夕阳中的新娘。

随船的前行，船头甲板外的银色光带，渐渐从船身左前方移向船头正前方，又渐渐移向船身右侧。在光影的变幻中，我们的船行过了一片还未盛开的紫英花的岸，也行过了一片盛开着金黄油菜花的岸。船随河道左拐或右转，我们便漂游在水面，在一种动态中，从一个全新的视角，远远地与岸上绽放的碧桃林、榆叶梅、珍珠梅、美人梅再次相遇，比起先前在地面上所见，那些花枝更加柔曼了，花朵更加娇媚了，花影更加动人了。

未知一船的同伴如何，我是醉于这花这水，醉于这光影变幻的人间，就此融化于这水波中也甘愿了。与前人所述“只倦时眠，渴时饮，醉时讴”的人生光景，也可以媲美了。不能如愿，那就一直让这旅程继续下去吧，没有尽头，只有向往的目标——伊人在水一方；实在要有个尽头，尽头也当与过程一样美好。

在江天的水面上心思驰骋，做了一回自由巡行的王，勿怪我想入非非了。

只有桂花香飘过

离中秋还有半个月呢，突然在某天夜晚闻到了桂花的馨香。之后的每个白天和夜晚，走在校园中、小区里、街角拐弯处，随时能够和它相遇。桂花的香味飘浮在小城的空气中，几乎无处不在。蓝天下秋阳温情照拂，管它金桂、丹桂、月桂，细碎却饱胀如米粒的花瓣，星星点点地掩藏在叶丛间，那么不起眼，那么内敛隐忍，灼灼其华活力四射，馨香四散，在大好秋色中猛然攻陷你的嗅觉。

我是一个每天在家庭、单位、菜场超市三点一线上陀螺一样运转的俗世中人，晚饭后的走步锻炼，于肉体于精神，大概都算得上一天中最有活力、最自由畅意的时光。一年四季，只要身体足够健康，天气又风和日丽，我便可以尽情去享受天光刚刚退去、天色刚刚暗下来的这段独特时光。时令已渐至中秋，在忽明忽暗朦胧的路灯灯光中，得以轻轻走近路边每一株盛开的桂树，有机会更安静地去亲近和感受它们。驻足，伸手，握住一枝绿，轻轻拽过来，定目细视，影影绰绰间，更真切地闻到了花香，轻轻一嗅，香气缥缈得像一个浅浅的梦。深吸一口，像是瞬间堕入仙都，沉醉不思归处。这些香香的精灵，在它们生命的旺季，缕缕香魂在夜风中欢舞。郁郁馨香，大概足以安抚和平息一个苦闷抑郁、狂躁不安的灵魂了吧，也足可浸润和涤荡它舞衣拂过的每个浊世魂灵沾染的泥淖吧。

今年小城的桂花香来得尤其早，在空间上也弥散得特别辽阔，持续的时间又特别长，完全不同于往年。尤其不同于去年，好不容易等到姗姗来迟的绽放，竟然迎头遇上一场台风纵贯通宵，暴涨的小河水都溢过了桥面。桂花竟似昙花一现，倏忽之间惨然逝去。风雨过后触目伤情，那一地暴风雨扫落的残碎花瓣，留下来的震惊和惨伤，至今萦怀。

今年的气温如此适宜，是在补偿对小城人们的亏欠吗？

更大的可能，恐怕是一圈一圈飞速向深渊悄然滑去的生命年轮，催生出一颗敏感的中年妇人之心，竟至于要见花落泪、闻鸟惊心？。年逾不惑，华发已生，难道光阴还不曾割断多愁善感的少女心？

我好像看见，东坡低首，沉声吟：“故国神游，多情应笑我，早生华发。”

夜风已冷，飒飒有声。任性的风，是否亦是在笑我：不惑之年，何故还为去年的花落伤悲？东坡沉吟，为他未竟的事业，不得施展的抱负，又为何事感伤？

沉思过后，还是没有答案。

苍茫的世俗，浩大的琐碎，一到眼前似乎足以撵走弥漫天地间的桂花香气。有好多的也许，好多的是否，在头脑间次第涌现。

走到桥上，小河边安安静静，只有桂花香在渐浓的夜色中暗暗飘过。

盐碱地上花如海

“今生我是一片盐碱地，真是苦命啊……”

黄昏，当我向启东盐生植物园走去时，听见空气中传来一个老者沧桑的嗓音。

我闭上双眼，老者的模样仿佛又浮现在眼前：须眉白发，古铜色脸，穿着极有年代感的衣裤，衣裤上泥迹斑斑。他弓着腰立在地边。太阳把地里的泥土晒得白花花、硬邦邦。我问他，老人家，您是这里的土地菩萨吧？您何故勾着腰低着头说话？他说自己早就没底气站直身子说话了。孤独苦闷寂寞的滋味，他早就习以为常。我忍住笑说，您可是神仙，神仙哪会寂寞的。老者一脸正色道，你不是神仙，咋知道神仙不寂寞。我欲笑的表情顿然僵住，沉静下来。听见他又补了一句：多少个年头了，只有蒲苇和芦苇两姐妹不嫌弃我，与我相依相伴，度过岁月洪荒。

他的诉说，让我想起几百公里以外，他的同胞兄弟曾有过的奇特经历。

在那个年代，为了向盐碱地要稻米和小麦，人们挖去表层三尺土，再下挖三尺土，然后将表层三尺土填到下层，下层三尺土填在表层。上三尺和下三尺的泥土完全掉了个个儿。壮观的劳动场景换来的结果，世界仍然是猖狂的蒲苇的世界，稻米和小麦没有办法跟土地菩萨达成和解。

一声长叹息发自我的心底。我的叹息勾起老者沉睡的记忆。他幽幽说道，你知道的，这里江海交汇，一两百年前，这里还是广袤的水域。各种海洋生物汇聚在这里，我的身边，有鱼虾蟹贝，欢畅游弋。热闹、欢腾，那是一个活泼泼的世界。那是多叫人沉醉的水下王国哦。只可惜，沧海变幻，是我喊破嗓子，也喊不回来的前世了。

当我越来越走近盐生植物园，隐约一片紫色花影闪入眼中时，沧桑老者的一脸焦愁，瞬间从脑海中消隐。眼前薄雾飘散开去。

初夏的人间，芳菲已尽，低眉抬眼再难寻到原野上一缕姹紫嫣红了，竟然在距海一千米的漠漠盐碱地中，撞上一大片的紫色红色花影绰约。紫的，是身形高挑摇曳多姿的马鞭草，淡粉红的，是小巧玲珑的美丽月见草。微风送清香入鼻，直沁心脾，令人瞬间心醉。微风吹拂下，一层层紫色涟漪摇曳着，荡漾开来，放眼望，满目都是养眼又宜人的清纯美少女的翩翩舞姿。

那个须眉白发的老者，大概已满面红光，既能听着海涛声，又可微微笑着沉醉，在那一片花丛间，白胡子让微风吹得一扬一扬，没有闲暇来跟我唠嗑了。

此前，只是从概念上知道，这里是全国第三、本省首家以耐盐碱植物为主题的公园。它诞生于两年前，各种盐碱土改良方式的尝试和成功运用，为人间六月献上了这一片花海。

夕阳斜照，微风吹拂，一层层紫色涟漪在摇曳在荡漾在逗引雀跃的心。我寻到花田间的空隙地带，不由分说径直走向花田深处，去拥抱那层涟漪，去和花香拥吻。

嫣然一笑为牡丹

绕了好多路才到牡丹园。

从看 85 版电视剧《八仙过海》开始，就心仪牡丹姿态的高雅妩媚，尤其对牡丹花开一片花团锦簇的壮景，心驰神往。

时逢谷雨，气温忽高忽低，一副阴郁将雨的架势。一车人，闲聊的少了，缄默的多了，只是在暗中关切着大巴司机还有多久能将大家送达目的地。司机健谈，对时事很有一番见解，开车的同时，几乎跟人聊了一路。

“在黄海公路上。”大巴愈来愈安静时，司机的嗓音再度响起。他在接电话。听那亲切轻柔的语气，对方应该是家人或者相当熟识的人。有人小声说，多半是老婆，电话查岗来了。突然他嗓门提高八度说了句：“我去看牡丹呀……”语气兴奋得意，颇有些春风得意马蹄疾的滋味。车厢里轰然爆出一阵分贝很高、持续很久的笑声。他自己也笑得合不拢嘴，电话讲不下去了。细细思忖，这一车厢人的笑声里，有多少毋需多言、意味深长的情味。

终归抵达。一行人奔向合作镇兴隆村华夏牡丹园：摄影摄像的扛着长枪短炮，作画的手持画笔手捧素描本，其他人举起各自的手机。首先出现在我们眼前的是最原始品种的油用白牡丹，并非观赏型。然牡丹既为花，便有养眼之美，便可怡情逸兴，更何况是一片壮阔的花海。时下正值牡丹大片盛放，灼灼其华。少量领先开放者萎去花瓣，冰清玉洁地散落于绿叶下的泥土中。惊讶于花谢的牡丹，几片花萼挺立花枝上，棱角鲜明，其状其色其态那样娇俏可人，以另一种风姿惹人注目。放眼远望，更多的是绰绰约约的枝干、丰茂的绿叶，顶上盛开白白净净的花朵，清香四溢，一阵风拂过便起伏摇曳、顾盼生姿，不言而喻，让人油然而生怜爱与亲近的心思。

成行种植的牡丹，彼此间距基本被茂盛的枝叶填满。很多人在花海外围欣赏拍摄，或者最多深入二三米距离便原路退出，有些人则循着行间空隙直入花海深处。身旁一位熟识的男士，眼见有同伴举着手机边拍边往深处走，一脸笑意打趣道："寻寻觅觅，你到底要寻找什么？"兴许这问话只被随起的风带到了我的耳边，他没有得到对方的回应。只有我投去与他对视的目光，报以嫣然一笑。

此嫣然一笑彼此心知肚明，他在打趣对方："哥们儿，你在园中，时而举起手机对着花丛拍摄，时而弯腰低手轻抚花瓣，时而又执着穿行花枝间，寻来觅去不就是想要寻觅到能惊艳自己的牡丹仙子吗？"对方或许是没听见，或许是假装没听见而不予回答，以免英雄入彀成为近旁游者的笑资。我的及时一笑，则及时地向他传达出：对于他向同伴发出的这一"灵魂拷问"，有点赞和默默支持者。

心中突然有些疑惑：同是对代表了女性娇媚的牡丹花的欣赏，男士、女士追逐的心思、动机是否不一样？

男士们的心思，是不是就像他们相互打趣的那样，不尽"纯良"？

回想起大巴来时，因一座桥梁限高，无法通过，只得绕远路，大大延迟了众人与牡丹相见的时间。于是沉闷的车厢里衍生出一段场景：一男士不知是有意还是无意，焦急地说道："天将黑了，我还没见到牡丹的影子！"另一男士马上接话："等你到她跟前了，扑通先跪下，诚恳地好好道个歉：'对不起，牡丹，我来晚了！你惩罚我吧！'"就在笑声轰然响起的那一两秒间，又一男士抓紧千钧一发之际抢到戏份儿——他以几欲声泪俱下的语调急速表白："我不怪大巴车，我不怪任何人！我只怪我自己！"

车厢里的沉闷一扫而光，一车人笑得东倒西歪。笑声渐趋平息时，那位后来在花海中穿行、不回应同伴玩笑打趣的男士说道："不用着急，他们约的就是黄昏后嘛！"于是一阵嬉笑又起。

忆起几位古代文人对牡丹的态度：唐人徐凝高调赞叹"何人不爱牡丹花？占断城中好物华"，宋人王溥"堪笑牡丹如斗大，不成一事又空枝"，对纯观赏型牡丹无实用价值充满不屑，同为唐代人的王睿，则批判"牡丹妖艳乱人心，一国如狂不惜金"，对此国色天香以及追逐之人，一律痛下针砭。我相信牡丹是有灵气的，看得见华夏古国千百年来的毁誉褒贬，也听得见今日大巴车上的嬉笑打趣，辨得出女人的体恤相惜和男人的狎亵玩闹之微小区别。千百年来它应着时节，兀自开花，兀自凋零。遐想之余，我不禁对它嫣然一笑。

我不辞路远，不惧大巴的颠簸，一腔怜爱与柔情来看花，到底为什么？不为"花花"世界的明目养眼，单为那满脑子萦绕不去的，花开虽美却短暂，跟红颜老去无两样的美丽又伤感的情思。这，是一股理智难以操控的抓人力量，很沉。所以年轻尤其貌美的女人，总是对花异常敏感。在她们那里，看花，是青春红颜向明媚鲜花交付无处安放的一腔惺惺相惜，是生命以最庄重的仪式完成一种情感的托付：女性借此得以走向成熟和饱满。

田园静好

有人说，陶渊明在魏晋的田园里，站成了一个精神坐标。陶潜心中有桃源，而世间无桃源。桃花源其实是陶潜心中的梦幻泡影。

如今世外桃源的幸福，却并不遥远。

那一天，在小城启东乡下一个绿化示范村，西斜的冬日暖阳，将一行人长长的身影，投射在滨海小城的一处庭院中。

从大巴车上下来，河沟头一棵松树就很引人注目。树有一人多高，枝呈两臂并举之势，倒影嵌入清澈河水里拥抱着蓝天白云，那娴静又大方的模样，与黄山迎客松形似，亦神似。与河沿排列齐整的众多落叶树毗邻，它形神独具。

突然发现一户人家的羊圈就在近处，独行至跟前，里面一只绵羊，体格高大健壮，通体干净雪白。大概意识到了有生人来访，突然昂起它高贵的头颅，歪着脖颈，像我望它一样，饶有兴致安静地注视我。一只漂亮健美，还会思考的羊，让我意趣盎然。它郑重其事地与我昂首凝望的姿态，使我忍不住打开相机，记录下它生命中如同哲人一般沉思的时刻。最终它似乎认可且悦纳了我的打扰，重新低下头去嗅食草料。“咩咩咩”，它的叫声温柔似水，唤起我大大小小诸多关于羊、关于家园的点点滴滴温柔记忆。

款款走向一户人家的庭院。楼前院坝外，高者红枫、桂花树，矮者松树、铁树和一些叫不上姓名的常绿灌木，各有造型，各具情态。每个角度都入画，每棵树都是风景。引路人寻到刚从田间归来的庭院主人。那是一位衣着素朴的六十几岁男子，立于一棵造型优美的树之侧，讲述着他与老树的渊源。这是一株有五十年树龄的黄杨木，是他少年时亲手种下的，曾有人出了多少万的高价他也没舍得卖出。老人的语气中洋溢着自豪与欣慰，丝毫不见培育的辛劳。整株黄杨木经过人工修饰和打理，造型精美，像一丛高高低低层层叠叠盛开的巨型蘑菇，又像一簇丛聚的伞花。

“百年老树在哪里呢？”

一位慕名前来的拜访者有些急不可耐，迫切追问道。

老人便带我们穿过一片树林，来到另一株黄杨木跟前。树荫下一群黄鸡歌唱着，自由散养。抬头看，这一株树的树冠高多了，没有人工的修饰，树型是自由发散朝上，整棵树的枝枝叶叶朝上凝成繁茂得化不开的浓阴。老人再次说到有人出过多少的高价，他也没舍得把这棵百年黄杨让人买去。

跟老人说着话，一行人已走到另一家院前。新砌的白墙黑瓦的平房，素净淡雅，主人不在家，设计得颇具气势的大门关闭着。大门前几步外，一株盘曲嶙峋的桂花树叫人裹足不前。一个花盆里，一株幼小的乌桕，顶着一树或红或橙的叶子，亮丽了冬日里这处庭院。与另一户人家相临的树下空地上，鸡笼里两只悠闲啄食半截番瓜的白鸡，以及鸡笼前正好来串门的同样悠闲的一条黑狗，瞬间又成了大家争相拍摄定格的镜头。在我们每个调着相机镜头的人的心中，黑狗白鸡番瓜的意向组合，就是凡尘俗世人间田园的静好吧。不由得想到，陶渊明若在，应当也会流连如此田园。

行至一幢新砌的二层楼房跟前，院坝外两株橘树、一畦青菜、一畦芹菜、一畦黄芽菜，打理得生机勃勃饶有情致。总体感觉，无论楼房的现代，或是平房的拙朴，无论花草树木的培育，或是菜畦鸡笼的打理，与檐前屋后的绿植相得益彰，气氛纯净而和谐。

忽听有人询问："老人家，听说你这边有红豆杉的，红豆杉在哪里？我还没看到呀！"

"红豆杉，有！你们刚才没人提起呀。走，我带你们看红豆杉去！"

红豆生南国，多美的诗句呀。红豆杉，那又该是如何珍贵的树种呢？不由得私下里想：老人宝贝着他的红豆杉呢！若不是当面问及，他就静静地养在深闺，不轻易示人了。果然，转来转去，我们又钻进他刚才带我们匆匆穿过的树林子里了。当我们大家为那一树在绿叶丛中点燃的迷你型红灯笼惊艳时，我们中的一位有些不愿相信眼前的事实，她说道："老人家，这真是红豆杉吗？我都在这附近生活二十二年了，居然不晓得你这里种有一棵红豆杉！"

老人只是开怀一笑，没有言语。大家也就跟着笑了，也不多问。

眼见老人几十年如一日殷殷培育的名贵树木，已觉得他非同一般，再一见如此美丽、如此惹人遐想联翩的红豆杉树，更是断定老人非一般凡夫俗子了。他是一位普通的农民，却是一个有情怀的农民，他的庭院他的田园随之有了一腔文艺情怀。

黄昏将尽，嗅到一缕缕在乡村才有，却也在渐渐消逝的气息，那是我久违的炊烟的味道。

我们不舍地告辞。

身后，黄昏的雾霭罩着静好的田园。

（原载《翠苑》杂志 2020 年第 5 期）

夜空下的乡村

租住于城乡接合部，便有了许多亲近乡村的机会。晚饭过后，走出楼房，走向乡村深处，去享受江海平原的乡村夜色。

这是个拆迁安置小区，左边繁华城市，右边寂静乡村，位于城市与乡村的缓冲地带。说它是城市吧，它不具备城市便利的商业、服务业等条件，因此不能算城市。说它是农村吧，它拥有农村所不具备的环境及设施，居民没有一寸耕地，因此也不能算农村。

在市中心住了整整十年之后，刚搬到这里，很不习惯。进城买生活物资，一次少说也要花一个小时；上一趟银行或者邮局，至少两个小时；到城里办个事情，至少也得半天工夫。

时间在这里是不够用的，可时间在这里却又那么自由、随意。

尤其是在夜晚。没有汽车尾气的寂静村道，空气清新，也不像市中心那样嘈杂，耳朵里除了头顶树叶细碎的声音，只剩下远处田沟边的蛙鸣。

夜色尚浅，仰视天宇，头顶正上方有两颗星星，一明一暗。它们镶嵌在纯粹澄澈的宝石蓝的天幕中，蓝得鲜艳而亮丽。正是最美人间四月天，在油菜花的统领下，桃花、梨花、蚕豆花、豌豆花，被季节的手精心侍弄，香气怡人，浓淡适宜，温情地疗养和抚慰着饱受汽车尾气摧残的心肺。

静谧忽被一些响动打破，循声望去，透过桃树上枝枝杈杈的朵朵粉红，望见远处有烟花在连续不断冲向天空，斑斓地绽放在宝蓝色的天幕下。一批又一批烟花冲向高空，炸响，随后散开成大气磅礴的花形，重新向地面坠落，直至无形。精彩的过程，只在一瞬。看过多少烟花，江海平原旷野上宝石蓝天幕的烟花最是迷人。

一阵烟花过后，重归寂静。天宇已呈纯净的墨蓝，星星的色泽更见明朗，不再是两颗，而是一条热闹的星星河。

继续前行，蚕豆花的香气突然十分浓郁。紧走几步，脚边是成片的蚕豆田，在朦胧夜色中影影绰绰。对于早在孩童时即镌刻于心的蚕豆，其花之色泽、叶之形状、秆之姿态，以及那豆角毛茸茸的壳与鼓鼓囊囊包藏其中的饱满光滑、逗人馋涎的豆粒，全在脑海中清晰可见。江海平原的蚕豆，在大巴山区的故乡被称为“胡豆”，名字叫得很野性，却实实在在是果腹的美味。

游走于江海平原夜幕下生机勃发的乡村，思绪自会牵扯起西部那个叫故乡的地方。在乡民成批成批涌入城市之后，那地方人烟越来越稀少，稀少到仅一声狗吠就足以将整个乡村淹没。在没有几盏灯亮的寂静夜晚，几块为数不多的、被留守老人勉强耕种的庄稼地里，那些没人理睬的蚕豆花，在四月的夜晚是不是正在孤寂地哭泣，蟋蟀也鸣唱着与它们一唱一和。

深吸一口蚕豆花的香气，轻抚一回蚕豆叶的清凉，乡情溢满茫茫夜色，乡关远在遥不可及处，因人烟稀少，故乡已经成为回不去的故乡。

事实上，谁还回得去呢？西部的故乡不过是个缩影罢了，如今有多少地方的农村还是饱满的农村呢？有多少乡村不是成批成批的村民涌入城市之后，一天更比一天寥落呢？

也许因为我来自乡村，才会对乡村如此迷恋。这些年，“城市化”是个非常热门的词汇。我理解的城市化，不仅仅是楼房成片，不全是让楼房里的住户没有一寸耕地，更不是在农村留下一个个的空村。而是，即便家住乡村，也跟今天的城市人那样，拥有便捷的商业和服务业；在永葆乡村清新与静谧的同时，分享现代文明成果。也期盼某一天城市可以“乡村化”——居住城市亦可饱览乡村般养眼的绿色，尽享乡村的清新与静谧。这个梦，也许就在不远的未来变成现实，我期待。

（原载《翠苑》杂志 2020 年第 5 期）

在渔港的一个下午

车门打开，鞋底踏上地面那一刻，南黄海的风裹挟着渔港特有的气息，有些热情过度地迎接了我们。白露节气后的风清凉宜人，吹动耳边浮发，风声入耳，浓浓郁郁的鱼腥味儿大大咧咧毫不客气地灌进我们的鼻孔。

“哇，这气味，好浓啊！”

“够地道！”

各种惊叹声响成一片，纷纷表达着对空气中咸腥味的不适。片刻间，一行人便因这渔港的空气，在嗅觉上实现了大一统。

这个名叫塘芦港的港口，我曾有两次坐汽车与它擦身而过，我只从远处悄悄地瞄了瞄它颇有些历史沧桑与厚重感的港口老船闸。

此行我们直奔港口。港内中心水域开阔，一汪碧绿的水波轻轻晃动。对岸桅樯林立，部分渔船静泊在港内，船上无人员走动，那该是暂时没有出海意向的船只。我们所处这一岸并列的几个码头，都呈长条形，嵌入粼粼水波中。离我们最近的码头此时闲置着，一行人纷纷踏上码头直走到尽处，去亲近海水，去观览对岸自成气势的船阵，去寻找角度把蓝天、白云、渔港、船只、水波，拍摄成自己眼中最美的图画。一些被踩踏而碎裂的蟹壳、蟹螯、蟹腿以及被踩扁的小鱼小虾，散落在码头地面上，它们似乎在提醒你这码头上刚刚过去的热闹。就在我们四处打量观望、拍景期间，突然一阵“哒哒哒哒”的机器马达声引起大家的注意。在中心水域和对岸的船阵之间，一艘渔船踏浪前行，很快驶出我们的视线。出海打鱼？它是肩负使命而去的吧。它前方的目的地，是我们这等没出过海、没坐过海轮的人，能生出各种幻想来的神秘之地。那里海水的颜色、海波的形态、海浪的气势，我们无一不想亲眼得见。只恨生不出一双海鸟的翅膀，能随船前往。盯着渔船留下的一线波纹，一半心思已不在码头上。

空旷的码头自然有助于拍照，有助于凝神遐思，却不能让人触及渔港的灵魂。在我们左侧的那个码头，左右两边各停泊了一艘渔船，船上船下人头攒动，人声鼎沸。一艘船上，半空中垂下的钓钩，正钩起一张绿色的大网，七八名男子围着它七手八脚地加以梳理。另一艘船三两个黧黑面容与肤色、裤腿挽至膝盖的男子，在甲板与码头间来回往返。

我们几个兴致盎然，赶过去。最先见到一台电子台秤立在码头地面中央，台秤上一筐小黄鱼正待价而沽。一个脚穿高靿水靴、大腹便便、脖子上戴粗金项链的男子，背着双手低头专注地看向这一筐鱼做思考状，一眼就能看出这是船老大们熟悉的某个做海鲜生意的老主顾。我们绕开几个人往前走。码头边上靠近船身的一侧，叠放着大大小小几筐虾、鲳片鱼、小黄鱼。无一例外，那些鱼虾们，都跟冰块、冰坨、冰碴儿们安静共处在一个空间里。那些没被冰块冰碴儿遮掩住的小黄鱼，每一条都露出黑亮的眼睛，它们似乎只是被寒冰瞬间冻住了身体里的细胞，鲜活的生命还在它们身上，脑畔还响着只有它们能听见的海水滑过身体的声音。

没见到满船鱼虾蟹的景象，忍不住向旁边一位脚穿短水靴的大姐一番问询："今天渔船都进来了吗？他们（船上人）货都卸好了？……"大姐耐心细致地回答我，他们早都进来卸好货了，那些新鲜的海货有的去了海鲜市场，有的去了冻库。多数船只卸下货品后，又出海去了。预计在明天中午十二点到一点回到港口码头来。

内心里小小叹了一口气，惋惜和遗憾自己晚到了一个时辰，错过了渔港最热气腾腾的时光。国家级中心渔港之一的吕四渔港离我的居住地不远，每年开渔盛会百舸争流、千帆竞发的壮观场景，我只在各种媒介上浏览过，并不曾去亲见，那场景太过热烈，对于不喜欢蹭热度的娴静者，塘芦港这个沉静的小家碧玉，更具烟火气，更投我的脾气。

回转至港口岸边，一排平房下，两副不知已退役多少年的铁锚，静静休憩在水泥墙角边，通身厚厚的铁锈，颜色已经鲜亮到近似于红铜，那些在海水里出入过无数回合的长长短短的尖角还清晰可见。匆匆来去的我突然有些羡慕嫉妒这两副铁锚，它们对这渔港的寒来暑往，比我这仓促的过客知道得更多，它们与这渔港一样，拥有与时间对峙的资格。

古屋瓦松

瓦松是一种生长在鱼鳞般的屋瓦缝隙里的多肉植物。在位于长江之尾的小城启东乡下，只在吕四老街和南阳老街那些百年老屋的瓦楞上能看得到。

只要长瓦松，就知道那屋子有些年头儿了。据说，少于五十年的房子，是长不出瓦松来的。

走进南阳老街，是一个夏日的午后。凉风习习，季节临近小暑，依然没有热的迹象，充沛的雨水染绿了季节，连围墙和屋角那些不起眼的旮旯里的苔藓都绿茸茸的。老街上的房屋，有一半已被翻建成了楼房，街道狭窄的天空上，密密麻麻的电线，冲淡了老街传说中的古旧韵味。只有那些破败的、年久失修，甚至不知道还有没有屋主的几间房屋，还能让人感受到这条街道的古老。

据说，从前老街沿街的店铺都镶铺板，如今街面没有了，从前的铺板被红砖替代。沿街的老屋不知在什么年代，从商铺变成了居家之所。当年轻人进城务工之后，如今的老街像极了绿色田野间坐禅的和尚，安静得能让人触摸到某种空冥的意境。

一条老街，浓缩了一个时代——一个说不清主题的时代。说它是古街吧，已没有当街的铺板，那么多架空的电线，不断强化着“现代”主题。说它是现代小镇吧，那几间有百年沧桑的残垣断壁却在不断提醒你，这条古街上的每一片青砖都比我的年龄要长几十年，尤其是年轻人离去之后的安静，让小镇平添了若许的苍老。

文字相对于这样一个时代是孱弱的，常常让人感到词不达意、模棱两可。尤其是在面对一个掺杂着“现代”和“古老”复杂气息的古街的时候，更像拳师被捆缚了手脚般无奈。

当我看见老街古屋上密密丛生的瓦松的时候，我能确定，这就是一条不折不扣的老街，所有坐化的时光，都在古屋的瓦楞上长成一株株青翠的瓦松。

在这多雨的时节，瓦松吸饱了水分，在一条条瓦楞的缝隙里，长成一片泛着茶黄的绿。矮的，形态像绽放的菊花；高耸的，竟有塔松的韵味，虽只有一拃来高，因高踞屋瓦之上，而多出一份峭拔与高大。

我不懂植物，不晓得瓦松的种子来自何处。只是单纯地觉得，这种植物不俗。不长在湿润多土的大地上，单单生在只有薄薄一层瓦灰的缝隙里。雨过天晴后，又要耐住屋瓦上四五十度的高温而不枯死。它就是这么一种惯于在“水深火热”中蓬勃生长的植物。

古街转角处一家药店遭受了火灾，从瓦砾中我找到两株瓦松，带回家种在花盆里。种的时候就觉得别扭，越看越没精神，它像被招降纳叛的士卒，寄人篱下，只为苟活，无比猥琐，当初见到它时那种喜欢的心情荡然无存。细细想来，是因为失去了高高的屋瓦，失去了仰视的视角，它便失去了瓦松应当具有的情调和韵味，变得平凡庸俗起来了。

这不由得使人联想到关于古街的修缮，有人建议说要修旧如旧，最好把当街的一面墙改成铺板，经营者也穿上古装。对此，我认为以一株瓦松作比，再恰当不过。新砌房屋，无论形式多么古旧，瓦松是长不上去的。一切旧的感觉都可以做上去，唯一做不上去的，是凝聚在器物上的深厚的岁月。

（原载《翠苑》杂志 2020 年第 5 期）

秋云美如玉

立秋刚过，天上散乱的云彩只消几天的工夫，便变得可爱起来，一团团一簇簇地集结在一起，颜色洁白，像一朵朵绽放的棉桃，不仅光洁如玉，还那么完整，那么富有生命的张力。

尤其是骤雨初歇，偏西的阳光呈现出一片温情的金黄，洒向人间，为大地披上一层朦胧的金纱。此刻，辽阔的天空上一片蔚蓝，如玉的白云在天空尽头组成一条洁白的玉石山峦，洁白中带着温润的浅蓝，高低起伏，静穆而舒缓，煞是美丽。雨把老叶打落到地上，把枝头上的树叶清洗得光洁如新，整个世界绿意盎然，仿佛夏天依旧存在，而秋天还没有到来。但天边无数朵绽放的棉桃般明亮光洁的白云提醒你，秋天真的来了。

倘若是天朗气清的早晨或傍晚，太阳却谦逊起来，躲到云彩后面，整个天空犹如一幅壮丽的画卷，厚的云彩带着暗红，薄的云彩被绯红染透了。整个苍穹就像一块辽阔的画布，被一位无形的大写意画家涂抹着，一笔就涂抹了半块天空，紧接着的一笔，又涂抹了半块天空。要是没有风，耳边通常会传来遥远的雁鸣，但抬眼望去，天上除了云彩，却不见大雁的踪迹，或者飞远了，或者不在视线之内，似有若无，倒别有一番风韵。要是有风，风把沾染了阳光的叶子一片接一片地从树上斜斜地翻卷着吹落下来，有红的、黄的、绿的……五彩缤纷，像蝴蝶、像蜜蜂、像精灵在空中旋转、飞舞，与阳光缠绵、与大树告别，奏响了秋的序曲。倘若以此为拍摄背景，让一身材窈窕而长发及腰的女子撑一把花伞在镜头中袅袅娜娜地走远，定会让才子们激情澎湃且文思泉涌。

秋天，是从这些美丽云彩的出现开始的。在美丽的秋云之下，于有意无意间稍稍留意，就会发现许多被我们忽略的美。

秋天，经常会与一位卖芦稷的老人不期而遇，架子车上摆着数十根剥了叶子的芦稷，有人买时，老人便于不经意间，从什么角落摸出一把卷了刃的老刀来替你把芦稷砍成短节，接着再从不知什么角落摸出一截绳子，熟练地捆扎好两头，特意留一截绳子把刚捆上的两头连接起来，便成了这一捆甜蜜的提绳。然后抽出一根大概用了一百年的老式杆秤来称重……老刀、绳子、杆秤，都是上了年纪的几代人共同的记忆，老人的动作和收拾芦稷的情节好像一幕旧电影，恍惚如昨，有一些疏离，却又那样熟悉。连价钱似乎也几十年没有变过，只接纳小票，大面额的钞票是会让老人尴尬和为难的。心里不禁疑惑：难道这几十年，卖芦稷的人竟没有变过？

秋天，市场上刚出水的螃蟹和新鲜花生突然多起来了。螃蟹们拱起青黑的背壳，在暗绿的尼龙网袋里张牙舞爪，似乎已等不得被食客买去，自己先激动起来了。“秋风起，蟹脚痒”的古语，被这一团团铁甲士兵僵硬而笨拙有力的挣扎，诠释得淋漓尽致。新鲜花生则放入高压锅里，加茴香、桂皮煮开八九分钟，待到冷却，秋天的味道便在屋子里变成无孔不入的霸道存在。

这还算不得主流香味。贯穿整个秋天主题的香味，在我看来有两种：

菊花和桂花。菊香微苦，桂香甘甜。在我们这个城市，桂花香透整个城池。一家院落有桂树，十家院落皆芳香。说到花朵，不得不说，秋天还是花的海洋。书上常有“春花烂漫”之语，似乎鲜花只属于春天。其实秋天开的花更加繁多而且旺盛。三色变换的木槿、绢丝彩裙般的秋葵、大胆奔放的万寿菊，还有迷迭香、含羞草、野蔷薇……无法一一列举。相对于春花的娇弱，秋天的花更加刚健。如果将春天开的花比作少女的话，秋天的花则更像少妇，见过世面，格局大气，举止有度，风情万种。还得强调一点，秋花形态各异，各拥其美，互不重复。单单菊花一类，据说就有上万个品种；树形美观而实用性并不好的夹竹桃，也如美人发髻上一片富丽堂皇的簪花；连那盘桓于墙头或干枯的玉米秆上的扁豆花，都有说不出的俏丽。

秋天，是个适合仰起头来观看天空的季节。云是秋天的脸面。喜欢秋天有一万种理由，其中一条便是秋云的大美。微风转凉了，天空高了，我注意到，此刻窗外有一朵孤立的云驻停在碧蓝的天幕上，前无古人，后无来者，恰似一条停泊的小舟或者棉花蒲团，恍惚那上面坐着个沉思打坐的哲人。蔚蓝的天空，因为这朵如玉的秋云而灵动万分。

（原载《翠苑》杂志 2018 年第 2 期）

千年莫愁

“莫愁湖边走啊，春光满枝头。花儿含羞笑，碧水也温柔……自古人生多风流，何须愁白少年头。”

三十年前，川东丘陵深处，一间被柴草烟火熏黑的乡间土房屋檐下，那个每天早中晚准点转播新闻和报纸摘要的话匣子里，有一天忽然播放了一首歌，声音特别清亮，旋律舒缓深情，动人心怀。唱歌女子的声音犹如春天带露滋长的新芽，犹如迎风飞舞的紫燕，柔美清新。当时很奢望播音员能够马上再播一遍，可是后面却是“本次播音到此结束，再见”，然后墙上的广播就剩下四四方方一个黑匣子挂那里，寂寂无声，不再飞出一个音符。幸运的是，接下来几天，在转播完新闻之后，年轻的女播音员都会在几公里外的乡广播站里，请乡下的村民们和绿树、青草、猫、狗，一起欣赏这支歌曲。第二天，我才知道这首歌的歌名叫《莫愁啊莫愁》，演唱者是一个叫朱明瑛的姐姐。喜欢这首歌，连续听了两天之后，便能大概从头到尾哼出来。

或许因年少不谙世事，或许因同音字让歌词的含义失真，当时，并不能听明白整首歌词。冥冥中却一下子就顽强地击中了一颗在穷愁潦倒和孤独中煎熬的少女心。十三四岁，本就是多愁善感的年纪，再加上缺吃少穿，少女的梦想与看不到希望的现实之间大相径庭，诸般愁绪，才下眉头，又上心头。那时并不懂文学，甚至没有真正接触过文学，便很自然地把自己设置成歌中吟唱的人，笃定歌中唱的那人，一定是个跟我一样诸般不如意的女子，在春光满枝的时候，在花间行游。经那歌中“莫愁啊莫愁”反复劝慰，心结慢慢打开，与其愁白少年头，不如先把眼前美好的春光照单全收……这样想的时候，我紧蹙的眉头似乎舒展了一些、苦涩的嘴角仿佛放松了一点、僵持的面部肌肉稍稍活泛起一缕属于年轻人的明媚。

这支歌陪伴我很多年，从闭塞的农村走向城市，从中学进入大学，从遥远的西部到更加遥远的东部海疆，从懵懂少女到为人妇、为人母……每当遭遇困顿，这支歌便像渡我劫难的咒语，每每唱起，心头便多一份自信和从容，眼前多一份宽阔与长远。

在第一次听过这首歌之后不久，从报纸一个很不起眼的位置上的几行文字中知道，这首歌跟南京的一个湖有关。那时候川东丘陵距离南京是那样遥远。但遥远的距离挡不住我对那个湖泊的向往。有个念头无数次在我心头出现：这辈子一定要到那美丽的湖边走一走，一边唱着《莫愁啊莫愁》，一边将生命过往中诸多不如意一件一件放下，打开心中所有的纠结，让忧愁苦闷不再成为我生命中不请自来、驱赶不掉的伴侣。

在无缘亲临莫愁湖之前，书本报刊上的文字和传统戏曲，却将“莫愁女”的悲情故事送到我眼前。

我们这个民族的文明密码，常常隐藏在一个个故事传说中。说者无心，听者有意，千般箴言，不及一人讲古。也难怪，再平淡的风景，只要有故事“画龙点睛”，就有了人文气息，就有了文化内涵。有关莫愁女的身世来历，传说版本颇多，叫人眼花缭乱，不知哪个才是真的。有个版本说，荆楚地界有个莫愁女，貌美如仙，能歌善舞，将楚国歌舞艺术推向了巅峰。她本与一青年才俊青梅竹马，哪知楚襄王欲强纳其为妃，她毅然选择了投江。人们说莫愁女并未死，而是被一渔民所救，后不知所终。这个版本莫愁女的出生时间最早，故事的结局似乎为流传于其他各时各地的版本埋下伏笔。另一种版本说，莫愁生在南朝齐梁时期的洛阳，采桑、养蚕、纺织、刺绣样样能干，还跟父亲学了一手采药治病的本事。后来父亲坠崖身亡，莫愁嫁进南京卢员外家。便服到卢家庄园赏花的梁武帝，惊悉夺目如霞的牡丹为卢家儿媳莫愁所栽，当即传令莫愁见驾。一见莫愁花容月貌之后神魂颠倒的梁武帝，为了让莫愁进宫为妃，用毒计害死了卢公子。得知真相的莫愁一腔悲愤，毅然投湖自尽。这个传说中的恶人梁武帝，正是留下《河中之水歌》叹咏莫愁女美貌的梁武帝。真叫人唏嘘感叹。

因各种地方戏曲的不断演绎、传唱，第三个版本的莫愁女的故事，更为众多戏曲爱好者所熟知，流传也更广。它讲的是明代永乐年间南京中山王府新来的烧火丫头，本出生在官宦之家，只因父亲直言遭忌受谗害问斩，她也被官家卖身为奴。中山王徐达的孙子徐澄，觉得这个娴静美丽却总是愁眉紧锁的女孩很特别，给她取名莫愁。在他的请求之下，祖母将莫愁赐给他做了伴读丫鬟。数月伴读让两人互生情愫，深深相爱。就在两人憧憬未来，徐澄希望通过自己的上进，替莫愁一家平反昭雪、讨回公道时，他的祖母幻想已经辉煌不再的门庭能再度振兴，给他安排了与当朝丞相女儿的政治联姻。丞相的女儿得知徐澄与莫愁相爱，尤其听说莫愁有一双漂亮的大眼睛，使出借刀杀人之计，让莫愁失去了双眼。莫愁悲愤投湖，徐澄也殉情而亡。

年少无知时曾经只喜电影不爱看戏听戏，对戏曲舞台上略显喧嚣与嘈杂的各种乐器伴奏，以及在孩子们口中所谓“拉不长扯不断”的演唱，甚感无趣。孰料电视机普及后竟然一度深深迷恋黄梅戏，当时看得最入戏的是《女驸马》《严凤英》。对戏曲的二度迷恋起始于偶然接触到越剧《莫愁女》一个选段。新媒体时代我能在一两天内就寻找到各种戏曲资源，不仅仔细看了越剧和黄梅戏的《莫愁女》全剧，还看了不大为人所知的吕剧、潮剧、花鼓戏、皖西庐剧的同名戏曲。各种戏曲无一例外，只要能寻到，一一试看过来，甄别过去。不知疲倦，几种戏曲轮换着看，不同选段反复着听。无论越剧、黄梅戏，还是吕剧、潮剧、皖西的庐剧，剧情基本一致，悲情的结局也是预先知晓的，我却依旧沉迷于舞台上角色的演绎和那些优美动人、入心入肺的唱词。情，一样的感人心怀；完全不同的腔调，各显其美的唱词，曲艺的美，又各有各的沉醉。莫愁女不再是数千年远古传说中的那个缥缈影像，她走进了我的生命中，她的血肉之躯如此的鲜活生动真切，她的情感世界如此的丰富细腻温婉。“多情总遭无情妒，恨世炎凉弱无辜。”我被一个可怜人情意绵绵地牵扯着，每一种曲目都看得泪下不止。

或许在少数民族的民间传说中、戏剧中，甚至外国民间故事中，也有“莫愁女”的传说，只不过暂时没有为我所知。她像一枝绚烂无比的美善之花，哪里的人们都愿将她请进本乡本土的艺术形式中，用自己的心、用自己的情认真演绎。那个因莫愁女而成名的湖泊，像一汪永不干涸的眼泪，蓝汪汪地镶嵌在天地间。

三十年后来到莫愁湖畔，我已进入不会轻易产生情绪波动的中年。回想过往的种种青涩，好似一个个结痂的伤疤，伤口虽已愈合，但疤痕还在。多年的执念，让我迈步走进了莫愁水院。走走停停间，我且休管莫愁女是湖北女还是河南女，面对眼前一袭素裙亭亭玉立的白色雕像，我认定，她便是传说中善良美丽又楚楚可怜的莫愁女。到过南京多少趟，记不清了。去过钟山玄武秦淮老门东，自以为金陵胜境，风景当属第一，殊不知，莫愁湖竟拔得头筹，“江南第一名湖”“金陵第一名胜”“金陵四十八景之首”……名号了得。真来到莫愁湖边，距离初心萌动那一天，已经三十多年过去了。眼睛忙于打量这片向往已久的新鲜世界，这个与莫愁女相关的世界，心中滋味，难以言表。我只静静地、默默地走在湖边，像徐志摩当年不愿惊了康桥的柔波。

虽然不逢满园海棠花开、艳若云霞，也还不到荷叶田田夏意浓的欣赏时节，但环湖的灌木草树、楼轩亭榭、花廊，也有此时节的清朗、宁静与明媚。

行走间，突见五棵树，一身清新亮绿，枝叶葳蕤，竟然就生长在湖水里。这不多见的景致，足以让湖边行走得稍显疲乏劳累的人们醒醒神儿。

五月的轻风和湖面慢摇的小船，让湖面不断泛起涟漪。波光粼粼的莫愁湖水，干净得清亮，透明。不知是谁，用极细密的网过滤了水中的泥尘和杂质，让湖底密布的暗绿色水草都纤毫毕见。这也是它招徕近邻与远客的资本吧。在金陵看水，个人以为莫愁湖的水远胜秦淮河。秦淮河水也柔美旖旎，奈何水面太窄，视线局促，时常跟粗粝的河岸相触，目光无处安放。莫愁湖水面开阔，远望近看均相宜。一湖柔波，清亮照影，也能照见人心。抛开日常俗事，也暂时忘掉莫愁女，凝望这温柔美丽的一汪湖水，你能感知它默默地接纳了你的低压情绪。遇上节假日，久在樊笼里的你只要能暂且脱开日常，出来透口气儿，让疲困的双眼看看一个新的环境，调调胸腔里的呼吸，足矣。纵有万千忧愁，都可以卸下来交付于它了。哪怕这种交付，是短暂的。不如意事十之八九，片时的欢愉也是欢愉，片时的解压也是解压啊。

终是抛不开俗世，也忘不掉莫愁女。月坠花折的莫愁女，留给世间一片真情。她能解除许多人的痛苦，让世人见到她就忘了忧愁，面露欢笑，却无人解救得了她。她也终究无法渡得自己，只有石城湖容纳了她的身体。石城湖，莫愁湖的旧名。

好在有个“待渡亭”。不知是何人主意，在莫愁湖畔建个待渡亭。应该是缘自坊间的一段传说：莫愁投湖之后，四周乡邻不愿意相信这么好的女子会投湖自尽，他们纷纷来到湖边痛哭祭拜。有人传说，更深夜静之时能听到莫愁的哭泣声，也有人说天上落下一只小船，载了莫愁，悠悠而去……

如此看来，这个亭建得真好，建得适宜。

莫愁女是一个待渡者，她等了多少个年头，终于有个渡口等她。

无数纷至沓来的游者，为解下无边忧愁而来的游者，哪一个又不是待渡者？

寒来暑往时序荏苒，待渡者们都已渡至花开的彼岸了吗？

是自渡？还是他渡？

伤心最是湖边柳，犹对莲花唱莫愁。内心深处，倘若也有一个渡口，摆渡的人还能是谁呢？

面对世界，选择柔软（后记）

我喜欢散文，出版的第一本书《彼岸温暖》却是一部长篇小说。之后停了笔，打算余生闲暇只做一个阅读者。但总有一些意想不到，让生活成为另外的样子。人生在世，总有一些沧桑往事，让人满目忧伤，也总有一段时光，需要面对一地鸡毛的生活；年纪大了，便看开了，经历多了，也看淡了，终于学会了思考、学会了领悟、学会了坚强、学会了在泪水中净化自己的灵魂，学会了摔倒后拍拍身上的泥土继续前行。于是我充满希望，又拥有了自信，拿起笔写作，重新找到一个可以很温柔地自由呼吸的口子。于是在工作和家务之余，像一条鱼偶尔浮出水面透口气，我时不时地写写散文。

这是我的第一本散文集。回头审视，这些散文像一批入学新生，拥有各自的性格和特点，各有短长，高矮不一。它们像一盘散沙，没有统一的句式和腔调，没有整齐划一的主题和表现方式；或许又应该感觉庆幸，每篇文章都保留了自己的天性，都是独立的个体，都是互不重复和影响的具有独特气息的完整的作品。文学艺术作品的价值在于互不重复、独立，并由此而产生文学的多样性，使其更加丰富多彩。从这个角度说，这些稿子是天然的，有着纯真的天性和情趣。

读过不少书，但提笔写作时却从没想让任何一本书成为我的写作范本。童年挨过饿，少年缺过学费，青年离开故乡到数千里外的地方成家立业结婚生子，中年以后重拾文学梦，走上艰难而掌声日渐稀落的文学创作之路，这其中的迷茫、坎坷、收获和欢怡，都是那么独一无二。这种独特经历使我选取任何一段都能写出与众不同的文字和感受，写出这人间烟火世俗人情。自从作为一个有独立感知的生命个体存于世间，从懵懂女孩到职业女性、家庭妇女，为人妻、为人母、为人师、为人下属，不同时期有不同身份，就像横看竖看、俯看侧看、远近高低随时变换的高山，带来不同生命场景对世界截然不同的认知和感受。它们琐碎而丰富，让人深挚而真切地感到：文学在我们的生命中无处不在。在创作的时候，我并没有刻意追求独特和与众不同，生活的诸般际遇使我无法复制别人，更无法重复自己。

在写下每一个句子时，我始终相信，读者才是感同身受的知音，情感细腻丰富，文采斐然，有强大的审美力。这审美力并不由高文凭、高学历决定。为这些“能够感动、能够爱、能够恨的人”而写作，是幸福的。我祈愿自己，以无所伪饰的豁朗和坦诚，酿造物我同在、形神合一的艺术“情境”，一直走在敞开心扉，捧出灵魂这条散文写作的自由幸福之途中。

面对这个喧嚣、浮躁的时代，写作者是身居陋室，心在千山外，还是身在千山，却心在牢笼，全在各人的胸襟和修养。保留内心莽莽苍苍的原野，不在任何事物面前失去自我，以此作为从始至终的规训，亦愿。